BUR
rizzoli

*Susanna Tamaro*

# LUISITO

## UNA STORIA D'AMORE

BURextra
rizzoli

ISBN 978-88-17-02852-3

Prima edizione Rizzoli 2008
Prima edizione BURextra settembre 2009

Ogni riferimento a fatti e persone reali è del tutto casuale

# Luisito

UNA STORIA D'AMORE

Alle maestre che hanno educato l'Italia
e a tutte quelle che, nonostante tutto,
continuano a farlo.

# 1.

In principio sobbalzò. Cos'altro poteva esserci laggiù, se non un grosso topo? La luce era scarsa, non si intravedevano che sacchetti di plastica, vetri, lattine e avanzi di cibo in decomposizione.

Una volta, alla televisione, aveva visto un documentario ambientato in Canada. Laggiù i secchi della spazzatura erano diventati dei piacevoli ritrovi per gli orsetti lavatori; verso l'imbrunire lasciavano le foreste di conifere e per tutta la notte rovistavano là dentro, con le loro manine nere. Incontrare un orsetto sarebbe stato ben diverso che incontrare un ratto!

Da noi, invece, i cassonetti attirano soltanto gatti randagi, cani senza padrone e pantegane grasse e unte; negli ultimi anni si è aggiunta anche la possibilità di imbattersi in qualche neonato passato direttamente dal calore della placenta al freddo di una busta del supermercato.

Incerta sul da farsi, Anselma rimase immobile a scrutare il punto da cui si era levato quell'insolito rumore, i manici del sacchetto cominciavano a segarle le dita.

Passò un autobus, illuminato e vuoto. L'autista aveva l'aria stanca e la camicia bagnata di sudore. Anche se era ormai notte, non tirava un alito di vento, tutto sembrava tranquillo.

Sarà stato effetto del caldo, si disse e, sollevato il coperchio di plastica scura, fece precipitare i suoi rifiuti in quell'oscurità maleodorante.

Stava già attraversando la strada quando, alle sue spalle, si levò un verso strano. Non era uno squittio da roditori e neppure il lamento di un neonato o di un cagnolino rimasti troppo tempo senza cibo.

Sembrava piuttosto il verso di una rana, di un rospo, ma era possibile che un batrace avesse eletto come domicilio, anziché uno stagno, qualche metro di sudicio asfalto? A parte gli appiccicosi liquami della decomposizione, non c'era altro liquido là intorno. Gli animali, aveva sentito dire in un documentario, modificano le loro abitudini per adeguarsi alle nuove occasioni offerte loro dalla società. Le rane dunque avrebbero potuto intraprendere lo stesso cammino degli orsetti lavatori, dato che intorno alla "piattaforma ecologica" volteggiava sempre una grande quantità di insetti.

«*Krak!*»

Era già dall'altra parte della strada quando il verso si ripeté più nitido.

«*Krak!*»

Questa volta Anselma non ebbe più alcun dubbio: qualcosa di vivo e di strano si celava laggiù. La curiosità prevalse sul timore e, preso un vecchio manico di scopa abbandonato, tornò indietro. Con cautela rovistò tra le cartacce.

«*Krak!*»

Scostò un cartone del latte vuoto e trasalì per la meraviglia: era come se un frammento di arcobaleno si fosse degnato di posarsi al suolo: tra il verde, il giallo, il blu, il rosso e l'azzurro spiccava il nero lucido degli occhi. Le palpebre erano un po' calate e la testa leggermente incassata nelle spalle, se spalle si possono chiamare quelle di un pappagallo.

La stava guardando?

Anselma ebbe quell'impressione.

«*Krak.*»

«*Krak!*» ripeté automaticamente Anselma.

«*Krak! Krak!*»

Cos'altro era quel verso, se non una richiesta di aiuto? La povera bestia stava male, forse era là da giorni, non aveva mangiato né bevuto; poteva avere un'ala fratturata o, ancor peggio, aver subìto l'affronto del morso disgustoso dei ratti.

Lentamente Anselma sciolse il nodo del suo grembiule, lo sfilò e, con un'agilità che credeva di non possedere più, glielo lanciò addosso. Da sotto la stoffa a fiori uscì un debole *krak krak*.

«*Krak!*» rispose lei, afferrando il fagotto, con un'autorità che non ammetteva repliche.

Era più leggero di quanto si aspettasse, e tiepido. Muoveva il becco senza troppo vigore, come se volesse liberarsi da quella improvvisa prigionia.

Anselma percorse con passo rapido la poca distanza verso casa. Sotto i neon che illuminavano la strada, ogni cosa sembrava piatta. Camminava e sentiva due cuori, il suo e quello della piccola cosa che stringeva in mano.

Appena entrata nell'appartamento, cercò un luogo dove sistemarlo. Si ricordò che nello sgabuzzino c'era una vecchia gabbia da canarini ma scartò subito l'idea: era troppo piccola. Avrebbe dovuto legarlo per una zampa, ma, a parte quella del tappo della vasca da bagno, non possedeva nessuna catenella. E poi, non avrebbe neppure saputo come fare.

Non restava che il sistema classico, la scatola da scarpe bucata, ma ce ne voleva una di grosse dimensioni. Si ricordò dello scatolone che aveva previdentemente conservato e si diresse verso il ripostiglio.

In quel momento il telefono squillò. Solo allora si accorse che erano già le dieci. Giulia e Massimiliano, i suoi figli, da anni la chiamavano a quell'ora – ora in cui la tariffa drasticamente cala – e lo facevano a settimane alterne, senza mai sbagliare un turno.

«Mamma, sono io» la voce squillante della figlia si mise subito a raccontare della loro trasferta al mare, della pagella disastrosa della nipote adolescente e delle meduse che, come in un film dell'orrore, stringevano d'assedio con i loro tentacoli violetti ogni lato della spiaggia.

Il pappagallo cominciò a divincolarsi con più vigore tra le sue dita e Anselma tagliò corto.

«Scusa, sto andando a dormire…»

«Di già? Non ti senti bene?»

«Sto benissimo e…»

«*Krak!*»

«Mamma…? C'è qualcuno lì con te?!»

«Chi vuoi che ci sia?»

«Mamma non farci preoccup…»

«Buonanotte!» disse e attaccò.

Il pappagallo era riuscito ad afferrarle con il becco un pezzo di polpastrello.

Quando finalmente trovò lo scatolone, ritagliò un buco per la testa e fece entrare il pappagallo. Dopo qualche scalpiccio di unghie sul cartone e deboli tentativi di ribellione, la testa colorata emerse dal foro.

«*Krak, krak.*»

Cosa mangiano i pappagalli? Anselma non lo sapeva. A parte quelli che stanno sulle spalle dei pirati nei film, non ne aveva visti altri nella sua vita. Erano molto longevi, questo se lo ricordava e, secondo un documentario sul cervello degli animali che aveva visto poco tempo prima, sembrava addirittura che fossero più intelligenti di molti cani.

«*Krak*.»

Per prima cosa gli porse una ciotola d'acqua: non aveva mai visto una lingua così corta e forte, sembrava quasi un dito. Il pappagallo bevve a lungo, a piccoli sorsi, socchiudendo gli occhi per il piacere.

Dopo l'acqua, Anselma provò con uno spicchio di mela che, in pochi secondi, scomparve nel becco. Un vero successo! Invece del solito *krak*, commentò con dei piccoli *krak krak krak*.

Era un modo per ringraziarla? Improvvisamente si sentì davvero stanca e, portando con sé la scatola, si ritirò nella sua stanza.

Gli avvenimenti di quella sera l'avevano agitata. Il sonno fu leggero e tormentato. Il ventilatore acceso sembrava ripeterle ad ogni giro: *Perché l'hai preso? Stavi così bene sola, sarà soltanto una scocciatura, perché l'hai preso? Potevi lasciarlo lì, al suo destino*. Nel dormiveglia, frammenti, volti e situazioni della sua vita passata si affollavano nella memoria. *Che senso ha tutto? Che senso ha tutto?*, sembravano domandare le pale, vorticando nell'aria.

Verso l'alba, passò un'ambulanza sotto le sue finestre. Alle sette, nella stanza in penombra, echeggiò un «*krak?*», seguito da un «*krak!*» perentorio.

«Eccomi!» rispose allora Anselma e, senza pensarci, aggiunse: «Luisito».

Quella notte, tra le tante immagini confuse affiorate dal passato, c'era stata anche lei, Luisita, la sua compagna di banco all'istituto magistrale. La rivedeva in una giornata ventosa, i capelli scompigliati e gli occhi socchiusi nell'aria dorata del tramonto.

Era davvero strana la memoria, a volte sembrava agire come un prestigiatore, scuoteva il cilindro e tirava fuori istantanee che si credevano dimenticate per sempre.

Quella, ad esempio, risaliva ad una gita fatta, con la classe, a Venezia, l'ultimo anno di scuola. In piedi, appoggiata alla balaustra del vaporetto, Luisita sorrideva. L'imminente fine degli studi, l'aprirsi di tutte le possibilità della vita, la limpida giornata di primavera, unita alla bellezza dei luoghi visitati, tutto aveva contribuito a rendere quegli istanti davvero speciali.

Nel pomeriggio erano andate a Murano ed avevano visitato una fabbrica di oggetti di vetro. Sotto i loro occhi, un uomo abbronzato, in canottiera bianca e pantaloni blu, soffiando in una lunga canna aveva creato, senza fatica apparente, degli oggetti straordinari. Prima di uscire, avevano comprato due famigliole di animali incollati su specchietti: Luisita aveva scelto dei cigni mentre lei, dopo molte indecisioni, aveva optato per dei gattini.

In attesa della barca che le avrebbe riportate a Venezia, con quei fragili pacchetti in mano, si erano messe a discutere su cosa fosse la poesia.

«Che rapporto c'è tra la nostra vita e le poesie che abbiamo studiato a scuola? Sapere una poesia a memoria è come sapere un teorema o è qualcosa di diverso?»

Era sempre il carattere entusiasta e curioso di Luisita a trascinarla in quelle discussioni che a lei non sarebbero mai venute in mente.

«Che differenza c'è insomma tra I quadrati costruiti sui cateti e Sempre caro mi fu quest'ermo colle?»

«Il teorema stabilisce una legge» aveva azzardato Anselma «qualcosa di astratto che può avere però un suo lato pratico.»

«E qual è il lato pratico della poesia? Nessuno. La poesia non serve a niente, non ci dà da mangiare e non ci permette di costruire case, come fa la geometria, non ci guarisce neanche dalle malattie.»

«Vorresti dire che si potrebbe anche vivere senza?» aveva arrischiato Anselma.

Nel frattempo il vaporetto era arrivato e la gente spintonava per salire.

«Certo che si potrebbe! E forse si starebbe anche meglio. Guardati intorno, guarda la Beccalossi, la Saltimpalo – erano le loro compagne più odiose – credi che abbiano bisogno della poesia per vivere? O piuttosto di un marito sciocco e ricco da spennare come un pollo? Loro non si chiederanno mai cos'è la poesia, né cos'è la morte. Non avranno mai inquietudini, paure, incertezze, la loro vita sarà come quella di un'ochetta di plastica che galleggia in una vasca da bagno. Tranquilla, protetta, senza orizzonti. Vivranno sicuramente meglio di me, meglio di te, ma è veramente vita, quella? Una vita da desiderare? Una vita che ti fa dire sul letto di morte: è stata comunque una straordinaria avventura? O non è invece un simulacro di vita? Cos'è la vita senza mistero – e senza la volontà di affrontarlo – se non un'ininterrotta landa di sbadigli?»

In quello stesso istante, per combinazione, la Beccalossi aveva sbadigliato e loro erano scoppiate a ridere, coprendosi la bocca con le mani. Il sole stava tramontando, sembrava che la laguna di Chioggia volesse inghiottirlo, i suoi raggi illuminavano le oleose e baluginanti strisce di petrolio lasciate dalle barche in transito.

La discussione era proseguita anche sul treno.

«Se non serve a niente, perché esiste?» aveva osservato Anselma.

«Forse per ricordarci che proprio ciò che non serve ci rende diversi dalle scimmie. A cosa serve la bellezza? A cosa serve la pietà? A cosa serve l'armonia? Le cose importanti non servono mai a niente.»

Prima di addormentarsi esauste, una sulla spalla dell'altra, Anselma le aveva sussurrato: «Non è stato meraviglioso veder nascere, da quella massa scura, lo splendore del vetro?».

Si erano svegliate poco prima di arrivare in stazione. Sulla banchina, mentre le compagne si stavano salutando, Luisita le si era avvicinata: «Voglio che la mia vita sia duttile e luminosa come il vetro prima che prenda forma!».

Il neon della stazione gettava un'ombra malsana sul suo volto.

«È una richiesta o una promessa?»

Luisita era scoppiata a ridere, scuotendo i suoi lunghi capelli ramati.

«È una certezza!»

«Anch'io desidero che la poesia non lasci mai la mia vita» aveva dichiarato Anselma, ma il debole suono delle sue parole era stato inghiottito dallo sferragliare di un treno in transito.

Per tutti gli anni di scuola, Anselma aveva sempre invidiato la vitalità di Luisita. Era convinta che la sua amica, grazie a quel particolare carisma che tutti le riconoscevano, avrebbe fatto grandi cose nella vita.

E così all'inizio era stato.

Subito dopo il diploma, aveva vinto il concorso per l'insegnamento e, malgrado l'avessero spedita in uno sperduto paesino di montagna, era riuscita ugualmente a laurearsi in psicologia e a pubblicare un libro sul significato dei colori nei disegni dei bambini.

Non si era sposata, ma probabilmente non c'era spazio per un marito nella sua esistenza. Già ai tempi della scuola, qualcuno malignava sul suo disinteresse per gli uomini. Anselma ricordava ancora con imbarazzo quanto erano state canzonate dalle compagne perché Luisita, proprio durante quella gita, ad un tratto le aveva preso una mano tra le sue.

Comunque, alla fine, la sua non era stata una vita fortunata. Poco prima dei quarant'anni si era ammalata di leucemia e, dopo aver lottato strenuamente contro il male, era morta.

Lo venne a sapere un pomeriggio di fine agosto, tornando dal mare con il marito e i figli. Erano anni che si erano perse di vista. Nella buca, aveva trovato una sua lettera in cui le raccontava della malattia e le chiedeva se potevano incontrarsi un'ultima volta. Ma era arrivata troppo tardi: quando aveva telefonato al numero scritto sulla busta, Luisita se ne era già andata.

In tutti quegli anni si era ripromessa di andare sulla sua tomba a portare un fiore, ma non era mai riuscita a farlo.

Era il senso di colpa che l'aveva fatta riemergere dalla memoria quella notte? O erano stati invece i colori del pappagallo, che ricordavano quelli del fragile vetro di Murano?

# 2.

Al mattino, Luisito sembrava essersi ripreso, l'occhio era tornato limpido e si guardava intorno con curiosità.

Anselma lo portò con sé in cucina. Aspettando che il caffè filtrasse, gli porse un nuovo spicchio di mela che venne divorato con ancora più gusto di quello della sera precedente.

Finita la colazione, decise di uscire a fare la spesa. Si vestì, controllò la tenuta degli elastici che bloccavano la scatola, afferrò con una mano la borsetta e con l'altra il carrello della spesa e aprì la porta.

Era la fine di luglio e già alle nove l'asfalto si appiccicava sotto le suole come una colla bollente. Nello striminzito cono d'ombra del giardinetto, quattro o cinque pensionati leggevano il giornale. Le aiuole erano polverose e disseminate di escrementi di cane.

Da lontano vide una sua conoscente chiacchierona che faceva abbeverare il suo botolo alla fontana d'angolo. Non aveva voglia di perdere tempo, così tirò dritto, fingendo di fissare con interesse una vetrina di materiali elettrici, peraltro ancora chiusa.

Il grande supermercato del quartiere si trovava a diversi isolati, ma quella mattina camminare non le costava fatica, immersa com'era nei suoi pensieri. Che i pappagalli non mangiassero carne fresca, era quasi certa e in cuor suo se lo augurava, perché non riusciva proprio a vedersi roteare colli di tacchino in mezzo al salotto per farglieli prendere al volo, o peggio ancora – come era successo a una sua amica che aveva avuto in custodia l'anaconda del nipote – liberare dei topolini bianchi sui cuscini del divano. A dire il vero, ripensando a quel becco così ferocemente ricurvo, qualche dubbio le rimaneva, ma era proprio solo un'ombra. Una volta entrata nel supermercato, si sarebbe affidata alle immagini delle confezioni esposte nei banconi di cibi per animali.

Le grandi porte di vetro si spalancarono come se la stessero aspettando.

Spingendo l'enorme carrello, Anselma notò quanto fosse sproporzionato per le sue poche esigenze. Nei lunghi corridoi, incontrò altri pensionati come lei, abbarbicati come naufraghi a quelle strutture d'acciaio. L'aria era fresca, quasi fredda e gli altoparlanti riversavano una musica assordante.

Come sempre Anselma prese per sé una confezione di stracchino, un sacchetto di carote, uno di mele e una confezione di riso originario. L'ulcera che la perseguitava da tempo non le permetteva molto altro.

Raggiunto infine il reparto degli animali, estrasse gli occhiali dalla borsetta e cominciò a studiare. Per cani e per gatti c'era ogni tipo di delizia: paté, biscottini, soufflé, salsicce, bonbon alla trippa e persino degli spazzolini con dentifricio ai fegatelli. Lo scaffale dedicato ai volatili era molto meno fornito: sacchetti di sabbia e ossi di seppia, mangime per canarini, per i tropicali e per le cocorite, biscottini all'uovo, e in un angolo qualche accessorio per le gabbie, beverini, specchi, altalene e scalette. Di becchime per pappagalli, però, neppure l'ombra.

Non le restò che andare alle casse. Davanti a lei c'erano tre vedovi, li riconosceva per la monotonia della loro spesa: fagioli, trippa, tonno, carne in scatola e qualche cartone di vino scadente.

Arrivato il suo turno, chiese alla cassiera dove avrebbe potuto trovare un negozio per animali. La ragazza, stranamente gentile, le indicò il nome di uno poco lontano e, per maggior chiarezza, le fece un disegno sul retro di un vecchio scontrino.

«La ringrazio. Speriamo che non sia chiuso!»

«Speriamo!» le rispose la cassiera con un sorriso incoraggiante.

Ci mise più di venti minuti per trovare il negozio. Entrò, era l'unica cliente. Superò pareti di acquari pieni di pesci colorati e si fermò davanti a una parata di gabbie di uccelli di tutte le dimensioni. C'erano anche due scoiattoli con la schiena a righe che correvano instancabili in una ruota.

Un giovane cerimonioso le venne incontro.

«Desidera?»

«Vorrei del mangime per pappagalli.»

«Che tipo di pappagalli?»

Per non insospettirlo, Anselma disse: «È di mio nipote, me l'ha lasciato per le vacanze e ho dimenticato il nome».

Il commesso la portò davanti a uno scaffale pieno di confezioni di ogni tipo e dimensione. Anselma lo riconobbe subito dalla foto: «Eccolo, è quello».

«Allora è un'Amazzone» disse il giovane, afferrando il mangime con un lungo braccio di metallo. Oltre al becchime, comprò anche della sabbia, dei biscotti, due ossi di seppia e un trespolo in legno e acciaio cui era attaccata una lunga catenella.

Avvicinandosi a casa, affrettò il passo. Si sentiva in ansia adesso che c'era qualcuno ad aspettarla; la stessa ansia che l'aveva attanagliata nella sua lunga vita di sposa e di madre. «Quanto rompi, mamma!» la canzonavano i figli ormai grandi «cosa vuoi che succeda?» E in effetti non era mai successo niente.

Quel giorno, però, aprendo la porta di casa, si accorse con orrore che qualcosa era accaduto davvero. Lo scatolone bianco giaceva divelto in mezzo al tavolo della cucina, gli elastici erano ancora al loro posto, ma al centro c'era una voragine. Luisito doveva aver lavorato con la meticolosa pazienza degli ergastolani per riuscire ad evadere.

Per fortuna era stata previdente a non lasciare nessuna finestra aperta.

«Luisito...» disse con voce tremula. «Luisito!»

Niente.

Si sentivano soltanto le voci del televisore a volume troppo alto del suo vicino, uno scorbutico militare in pensione.

«Luisito!» gridò allora, con l'autorità che usava negli anni di scuola.

Dal corridoio giunse un rapido battito d'ali e il pappagallo planò su uno dei bracci del lampadario di vetro di Murano.

«*Krak*, *krak*.»

Anselma tirò un sospiro di sollievo.

«Ah, meno male che sei ubbidiente. Ecco, guarda che cose buone ti ho portato» disse, cominciando a imbandire la tavola con ciotole di acqua e di becchime e montando il trespolo vicino alla finestra.

Dopo due svolazzi circolari, Luisito atterrò sulla tovaglia cominciando subito a mangiare con appetito.

Per sé Anselma preparò del riso con l'olio e una carota grattugiata e si sedette a tavola, fissando il suo nuovo amico. Proprio mentre stava riflettendo sul metodo migliore per catturarlo, il pappagallo raggiunse il posatoio di legno e, dopo essersi stiracchiato, sollevò una zampa e nascose la testa sotto l'ala per fare un riposino.

Dopo aver lavato i piatti, Anselma seguì il suo esempio: si sdraiò in poltrona, i piedi allungati sul pouf, e accese il televisore. Come sempre, nel mondo, la gente si ammazzava un po' dappertutto, come sempre, durante l'estate, si segnalavano code sulle autostrade e si pronosticava la morte di molte persone anziane per il caldo.

Chissà perché, ogni estate, si chiese Anselma, la normalità dei giorni si trasforma in emergenza. Scoppia, con grande allarme, l'emergenza afa, l'emergenza traffico, l'emergenza anziani, l'emergenza meduse, l'emergenza alghe. Per non parlare dell'emergenza cani che vengono abbandonati su strade e autostrade per permettere ai loro padroni, unti di olio come sardine, di dimenarsi sulle spiagge al ritmo di qualche musica tribale. Ogni volta, prima di pronunciare la parola emergenza, lo speaker si sporge verso il telespettatore, dilatando le pupille. Bisognerebbe parlare anche dell'emergenza pappagalli, pensò Anselma chiudendo le palpebre.

Nel breve sonno che seguì, sognò decine di pappagalli e di canarini che battevano disperatamente il becco contro il vetro della cucina, poi fu la volta di strani pesci morbidi, come di gomma, e di tartarughe oblunghe che uscivano dai rubinetti della casa.

Nel pomeriggio, il caldo si era fatto più pesante. Anselma abbassò a metà le tapparelle e si sedette al tavolo per cercare di terminare un cruciverba lasciato a metà.

Sul trespolo, Luisito seguiva con interesse i suoi movimenti. Quando Anselma fece un gesto brusco per scacciare una mosca e la penna rotolò al suolo, il pappagallo vi planò sopra, la afferrò con una zampa e, volando sul tavolo, la porse ad Anselma.

«Oh, grazie...» disse, con stupore.

«Grazie a te» gracchiò Luisito.

Quella sera, alle dieci e un minuto, squillò il telefono. Anselma, che stava porgendo a Luisito un pezzo di banana, lo lasciò suonare più a lungo del solito. Quando finalmente sollevò il ricevitore, la voce vagamente nasale di suo figlio Massimiliano aveva un tono allarmato.

«Mamma, dov'eri? Cominciavo a preoccuparmi.»

«E perché mai?»

«Di solito rispondi al terzo o quarto squillo.»

«Di solito.»

«Ti senti bene?»

«Benissimo.»

«Non è troppo caldo?»

«Tengo le persiane chiuse.»

«Ti direi di venire in montagna da noi, ma, come sai, la casa è ormai al completo. Potrei cercarti una camera in qualche pensione, se vuoi.»

«Lascia perdere, sto benissimo in città.»

«Ti passo i bambini!»

Due vocette squillanti e frettolose gridarono «Ciao, nonna» nella cornetta prima di essere riassorbite nel frastuono retrostante del televisore e dei videogiochi.

«Hai pensato alla proposta che ti abbiamo fatto?»

Il tono di Massimiliano non era molto diverso da quello degli speaker quando annunciano una nuova emergenza.

«Non la prendo neanche in considerazione.»

«L'altra volta mi eri sembrata più possibilista.»

«Le cose cambiano.»

Anselma sentì in sottofondo la voce della nuora che sibilava: «E taglia, dài! Lo sai che la vecchia è testarda».

«Non hai niente da dirmi?» tentò ancora il figlio con ipocrita apprensione.

«Sì, buonanotte!» chiuse Anselma, mettendo giù il ricevitore.

Quella sera, per la prima volta, Luisito le volò sulla spalla. Era già in camicia da notte e stava andando a lavarsi i denti. Temeva che gli artigli fossero appuntiti, invece Luisito si posò con grande delicatezza.

Mentre stavano davanti alla specchiera, le sfiorò con il becco il lobo dell'orecchio.

«È un bacio?» domandò Anselma arrossendo lievemente.

«*Krak!*» rispose il pappagallo vorticando le ali da fermo.

# 3.

L'aria era così satura di umidità che neanche le pale del ventilatore riuscivano a creare il minimo refrigerio. Spense la lampada sul comodino e, poco dopo, due zanzare cominciarono a sibilarle nelle orecchie. Per quanto fosse rapida nell'accendere la luce e brandire *La settimana enigmistica* le due riuscivano sempre a eludere i suoi colpi.

Luisito dormiva sul trespolo, in cucina. Era stata tentata di portarlo in camera, ma poi l'idea che le planasse sul letto mentre lei era immersa nel sonno l'aveva spaventata. Non era ancora abbastanza abituata alla sua presenza.

Dal bar sottostante giungevano risate e voci, un via vai di motorini feriva l'aria con gli scappamenti aperti. Da quando avevano inaugurato quel locale, le notti si erano trasformate in un inferno. I condomini avevano più volte chiamato i vigili ma non era servito a nulla. L'unica azione di contrasto si doveva al carattere irascibile del suo vicino; ad una certa ora spalancava la finestra e buttava giù dei secchi d'acqua, gridando: «Ci vorrebbe una guerra!».

Per vendetta qualcuno aveva scritto "fascista di merda" vicino al portone.

Ci vorrebbe una guerra, sì, pensò Anselma girandosi nel letto. Ci vorrebbe una guerra, per cominciare a distinguere quello che è essenziale da quello che non lo è. Ci sono troppe cose al mondo, e tutta quest'abbondanza non ha fatto altro che accrescere la maleducazione. Ora tutti pretendono di avere tutto. Grazie, la parolina magica – come la chiamava con i suoi scolari: magica perché apriva tutte le porte e chiudeva con delicatezza quelle che doveva chiudere – era scomparsa dalle labbra del mondo civilizzato. Al suo posto, nel migliore dei casi, usciva una specie di grugnito. Per alcuni anni, con testarda caparbietà, ne aveva suggerito l'uso, assieme a quello del fratello "per favore" ai suoi nipoti.

«Voglio l'acqua!»

«Voglio l'acqua e poi...?»

« E poi voglio la Nutella!»

Verso gli otto anni il maggiore era sbottato: «E dài nonna, quanto rompi! È roba vecchia. Nessuno le dice più queste parole, e il mondo va avanti lo stesso!».

All'epoca sapeva già di aver perso la battaglia con la sua discendenza. Non va avanti, va indietro, avrebbe voluto gridare, va verso il baratro della barbarie, ma era rimasta zitta. A loro tutto era dovuto. Esprimere arroganti esigenze era l'unico moto attivo dei loro giorni. Ma era davvero tutto dovuto? Davvero si poteva attraversare la vita senza mai esprimere un briciolo di gratitudine?

Per cercare un po' di refrigerio, dato che il suo lato era madido di sudore, Anselma si spostò dalla parte di Giancarlo. Sebbene fosse ormai da anni l'unica indiscussa padrona del letto, le capitava raramente di farlo. Le lenzuola erano tese e fresche, le molle non cigolavano così tanto come dalla sua parte.

Sul comodino di Giancarlo era rimasta soltanto la sveglia, ferma dal giorno della sua morte. Gliela aveva regalata la madre, quando si era diplomato ragioniere. Per trent'anni tutte le sere, prima di spegnere la luce, l'aveva caricata con lo stesso identico gesto. Per trent'anni, il silenzio delle loro notti era stato attraversato da quel fastidioso ticchettio.

Avrebbe potuto buttarla via, ma in fondo provava più piacere a vederla lì, finalmente muta.

Anche tutti i pigiami di suo marito, nei trent'anni di matrimonio, erano stati regalati dalla madre. Una volta, durante uno dei loro rari e frettolosi rapporti, aveva pensato di dirgli: «Ho l'impressione che siamo sempre in tre» ma poi non aveva trovato il coraggio.

L'aveva confidato, invece, a una sua amica dell'epoca.

«Te ne accorgi adesso?» le aveva risposto, e aveva aggiunto, ridendo: «Per essere in due nel matrimonio, bisognerebbe sposare un orfano».

# 4.

Giancarlo aveva dodici anni più di lei e si erano conosciuti in un rifugio in montagna. Lei era andata lassù in una escursione solitaria – era poco distante dalla valle dove insegnava – mentre lui era arrivato con i soci di un circolo ricreativo di cui faceva parte. Dato che era stato l'ultimo del suo gruppo ad arrivare, non aveva trovato posto agli altri tavoli e così aveva chiesto a lei di potersi sedere sulla sedia vuota che aveva accanto. Anselma si era accorta che zoppicava leggermente e lui le aveva subito confessato la ragione: era stato ferito in guerra, durante un'azione che – a detta dei suoi commilitoni – per arditezza e coraggio avrebbe meritato il riconoscimento di una medaglia al valore. Aveva aggiunto di essere ragioniere e di lavorare come agente di commercio, ma di sentire dentro di sé, da sempre, l'aspirazione a qualcosa di più grande.

Erano rimasti poi a lungo in silenzio, contemplando i profili delle montagne, il cielo terso, il volo di un grande rapace in lontananza. Giancarlo aveva fatto un lungo respiro.

«Non so come si possa vivere senza contemplare il mondo dall'alto. Senza questa altezza, non ci può essere nobiltà.»

Anselma non aveva capito bene cosa intendesse, ma era rimasta comunque impressionata dal suo tono ispirato.

«Anche lei ama la poesia?» aveva chiesto timidamente.

«Certo, la poesia delle vette, la poesia di un tramonto sul mare, la poesia di tutto ciò che ricorda la bellezza, come gli occhi di una ragazza.»

Senza accorgersi, era arrossita, come se avesse parlato di lei.

«Le compone anche?»

Giancarlo aveva tossito leggermente.

«Certo. Non spesso, però, solo quando ho l'ispirazione. Per esempio, adesso, un istante come questo, mi sarebbe piaciuto fissarlo su carta.»

Quella sera, davanti allo specchio del bagno, Anselma si era accorta di avere il viso arrossato dal sole, anzi, era come se il sole le fosse entrato dentro e avesse trasformato i suoi occhi in minuscole stelle.

Fu Luisito a risvegliarla da quel sonno congestionato e confuso, un po' dopo l'alba, ripetendo allegramente il suo *krak krak krak*.

Ad Anselma sembrò che la rimproverasse, che le

volesse dire: «Alzati, pigrona». Si sentì subito in colpa. "Il mattino ha l'oro in bocca" era la frase che amava ripetere ai suoi alunni, quando insegnava.

Ricordava ancora con tenerezza il pensierino di uno di terza: "Se il mattino ha l'oro in bocca, spero che la sera ha l'argento". Con due tratti di matita rossa aveva segnalato il verbo, scrivendo accanto "abbia, non ha". Nella lezione seguente, però, aveva voluto rispondere alla domanda implicita di quel pensiero, spiegando il valore del tempo. L'oro del mattino, aveva detto, non è reale, come quello delle catenine e dei braccialetti, ma simbolico. Con la parola oro si vuole indicare qualcosa di importante, qualcosa di grande valore. Chi si sveglia presto riesce a fare molte cose e chi riesce a fare molte cose ha più probabilità di avere una vita più ricca e bella di chi dorme fino a tardi.

«Dobbiamo immaginare la nostra vita come una casetta che costruiamo lentamente, mattone dopo mattone. Il luogo dove sorgerà non è fisico, ma è fatto di tempo. Adesso siete qui, poi andrete alle superiori, farete il militare. Alcuni di voi andranno a lavorare, altri all'università. Ecco, tutte queste tappe saranno i mattoni che, anno dopo anno, edificheranno la vostra casetta.»

Un bambino in seconda fila, forse Giovannini, aveva alzato la mano: «Come con il Lego?».

«Certo, come una casetta di Lego.»

«E alla fine cosa si fa?»

«Alla fine, bambini, si mette il tetto, così non ci piove dentro e magari anche un bel camino...»

Un piccoletto in prima fila, di cui non ricordava il nome, si era alzato in piedi.

«Allora quando moriamo usciamo da lì, come Babbo Natale?»

Non era riuscita a rispondergli allora, perché proprio in quel momento era suonata la campanella di fine lezioni e i bambini si erano precipitati fuori dalla classe.

Contemplando l'alba dalla finestra della cucina, in camicia da notte e con una tazza di orzo solubile in mano, Anselma pensò che forse quella non era l'unica interpretazione. Forse l'oro si riferiva banalmente proprio alla luce del giorno che, affacciandosi per prima sul mondo, fa risplendere ogni cosa. A quell'ora, persino gli oleandri e i bagolari polverosi del triste giardinetto sotto casa sembravano degni di un parco reale.

# 5.

La mattina seguente, lei e Luisito fecero colazione insieme in cucina, una davanti all'altro: fette biscottate con la marmellata per lei e una scodella di semi di girasole e pezzetti di mela per lui. Anselma lo guardava divertita zampettare sulle tovagliette all'americana con quella sua andatura da pinguino. Sembrava un clown.

Dopo aver sparecchiato, Anselma tese l'avambraccio verso di lui e, prima ancora che ne pronunciasse il nome, Luisito vi planò sopra.

«Allora» disse, sentendosi di nuovo ai tempi della scuola «visto che mi hai già baciata, sarà meglio che impari il mio nome. Io mi chiamo Anselma, A-N-S-E-L-M-A. È un nome orribile lo so, ma non ne ho altri. È tutta colpa di un nonno Anselmo e di una filastrocca che ci insegnavano da bambini, quella del prode Anselmo, che andò in guerra e mise l'elmo. Terribile. Da piccola piangevo sempre, poi mi sono abituata. Forza, ripeti con me: An-sel-ma An-sel-ma.»

Luisito roteava il capo da un lato e dall'altro, cercando di imparare. Di tanto in tanto apriva il becco, muovendo lentamente la lingua corta e grigia. Quando il sole colpì l'anta della credenza – e così seppe che erano le nove – Anselma terminò la lezione. Si lavò, si vestì e, dopo aver raccomandato a Luisito di comportarsi bene, uscì a comprare il pane.

Tornata a casa, decise di fare un po' di ordine. La cucina, la stanza da letto e il salotto erano perfetti, ma nella stanza dei figli e nel grande sgabuzzino dietro il balcone da anni non metteva le mani. Probabilmente erano pieni di ragnatele e di polvere, come i luoghi inabitati dei film dell'orrore o le stanze dei castelli precipitati in un sortilegio.

E in fondo, non era proprio così la sua vita negli ultimi anni? Sembrava che la bacchetta magica di un mago malvagio avesse gelato ogni cosa. C'era neve nel suo cuore e ghiaccio nelle sue membra. Quella neve e quel ghiaccio l'accompagnavano ovunque e raggelavano anche tutto ciò che le stava intorno.

Quando era cominciato il sortilegio?

Alla morte di Giancarlo?

O già molto prima?

Quale era stata l'ultima volta che si era sentita davvero viva?

I ricordi cominciarono ad affiorare come la punta

degli iceberg. Una parte stava sopra, illuminata dalla potenza del sole e l'altra, spropositatamente più grande, stava sotto, raggelata dall'oscurità profonda del mare.

Si ricordava ancora di quella sorta di gioiosa eccitazione che aveva provato a Murano, con Luisita, sicure com'erano che la vita avrebbe offerto loro qualcosa di straordinario. Ma poi quell'euforia si era lentamente stemperata negli anni seguiti al diploma. Anni passati a girovagare per l'Italia, inseguendo supplenze: paesini sperduti in mezzo a valli inospitali, aule ghiacciate e alunni con i geloni, genitori imbarazzati che arrivavano offrendo uova, cavoli, galline, bottigliette di grappa micidiale fatta in casa.

Era comunque sempre un'emozione, il primo di ottobre, entrare in una nuova classe e vedere tutti quegli occhi attenti e vagamente impauriti, quelle frange pettinate con l'acqua, le scarpe lustre, i quaderni intonsi.

C'era un odore particolare là dentro, solo con il tempo aveva capito che si trattava di un odore da pulcini: da poco avevano lasciato il nido, e l'odore del latte, della cucina, del bucato aleggiava ancora intorno a loro. Presto avrebbero imparato a volare, ma intanto stavano acquattati dietro ai banchi, i grandi occhi spalancati, pieni di domande.

La sera, nella sua camera d'affitto, correggeva i compiti con la matita rossa e blu. A volte dava anche delle lezioni a qualche adulto analfabeta. Le sedie scricchiolavano sotto quei corpi pesanti. Forse, più che il peso, era l'imbarazzo a provocare i movimenti. Aveva ancora davanti agli occhi le loro mani grosse, rovinate dal lavoro, dita che sfioravano la penna con delicatezza, come se fosse di cristallo.

Quando non aveva lezioni né compiti passava le sere a leggere poesie o romanzi, oppure scriveva a Luisita. Anche lei insegnava in una valle solitaria e aveva anche lei serate intere davanti a sé per riflettere sulla vita.

In quegli anni, gli anni della prima giovinezza, il futuro era qualcosa di misterioso che si stava aprendo davanti a loro. Un velo lo ricopriva, certo, ma questo non sapere non le spaventava né le metteva in ansia. Erano sicure che il loro domani sarebbe stato certamente luminoso.

Non c'era gelo a quel tempo nel suo cuore, né ghiaccio nelle sue viscere. La neve stava fuori dalla finestra ed era bello veder cadere i suoi meravigliosi fiocchi geometrici che si trasformavano, a terra, in banali gocce d'acqua.

In fondo non era stato anche quello il percorso della sua vita? E non era finita così anche quella di Luisita? La morte la aspettava dietro l'angolo quando era nel pieno del vigore, mentre a lei era entrata dentro piano piano, goccia dopo goccia, come le flebo di morfina che fanno ai moribondi.

Quegli anni in montagna, anni in cui i suoi pulcini la aspettavano pigolando in classe, erano stati i più pieni di vera vita. Ogni mattina si alzava ed era sicura che il suo esistere aveva un senso. Cosa c'era di più bello, di più emozionante che vedere tutti quegli occhi attenti desiderosi di imparare?

«Grazie» mormoravano imbarazzati i genitori, offrendo i loro semplici doni. «Grazie per tutto quello che fa.»

«E cosa faccio?» rispondeva sempre. «Faccio solo il mio dovere.»

Avrebbe potuto scegliere ragioneria, invece si era iscritta alle magistrali: insegnare era sempre stato il suo sogno, la sua passione. E fare le cose con passione, si diceva, era come vivere la propria vita sulla musica di un valzer, seguendo la grazia del ritmo. Tutto diventava più facile.

Continuando nell'opera di sgombrare pile di oggetti inutilizzati dallo sgabuzzino, era arrivata alla sua vecchia collezione di dischi. Tranne pochi 45 giri – con le canzoni vincitrici di vecchi festival di Sanremo – per il resto erano tutti 33 giri. Le opere – *La Traviata*, *Il Barbiere di Siviglia*, *Rigoletto* e molte altre – erano custodite in cofanetti impolverati, sopra gli amati long playing delle canzoni napoletane, un'altra delle sue passioni.

Quando ancora frequentava l'istituto magistrale, grazie a un abbonamento riservato agli studenti, ogni domenica pomeriggio, con Luisita, Maria Pia ed Enrico – l'unico maschio della loro classe – aveva preso l'abitudine di andare a sentire l'opera a teatro. All'inizio, a dire il vero, dal loggione, non riusciva a capire molto di quello che dicevano i cantanti, ma poi, a furia di ascoltarli, era riuscita a entrare in quel mondo tanto lontano dal suo. Anzi, era stato quel mondo ad entrarle così dentro che, anche dopo, da sposata, si ritrovava spesso, nei momenti di solitudine, a cantare delle arie.

Li spolverò uno ad uno, con cura; invece di rimetterli al loro posto, li portò in salotto e li appoggiò su uno sgabello, vicino alla poltrona. Poi tornò alla sua opera bonificatrice.

Con meticolosa calma, smaltì una pila di attrezzi sportivi dei suoi figli: racchette da tennis, pattini a rotelle, scarponi da sci di plastica di dimensioni gigantesche, palloni da calcio sgonfi, bacchette da ginnastica ritmica e un paio di scarpe da danza che un giorno dovevano essere state di raso rosa e adesso erano del colore di una cartaccia rimasta troppo a lungo in strada.

Da quanti anni quegli aborti di passioni stavano lì ad intasare lo stanzino? Vent'anni probabilmente, forse anche di più. Si era illusa che un giorno potessero servire ai nipoti, immaginava che li avrebbe condotti lì, in un pomeriggio particolarmente uggioso, e avrebbe visto i loro occhi brillare davanti a tutte quelle meraviglie nascoste.

Le cose invece andarono in modo diverso. Una piovosa domenica di novembre, non sapendo come distrarli, li portò davanti a quell'incanto, ma l'unica reazione che uscì dalla loro bocca, a parte la mandibola precipitata in basso, fu: «Embè?».

«Ci sono molti giochi qua dentro» li aveva incoraggiati, sorridendo.

«E ando' stanno?» avevano risposto all'unisono.

«Eccoli!»

Anselma non aveva mai dimenticato il loro sguardo, un misto di compatimento e non lieve irrisione.

«Ma è roba vecchia!»

Quando sentiva le sue coetanee andare in visibilio per i loro nipotini, non riusciva proprio a capirle. A dire il vero, le facevano anche un po' pena, per alleviare la solitudine sarebbero state capaci di sopportare qualsiasi cosa.

Ad Anselma i suoi nipoti sembravano scesi da un altro pianeta, distratti, ingrati, ingordi, incapaci di qualsiasi passione che non fosse per quelle scatolette luminose che tenevano perennemente in mano.

All'inizio si era sentita persino in colpa per quell'anomalo sentimento. Quando ne aveva parlato con il genero, la nuora e i figli le avevano risposto alzando leggermente le spalle: «Che ci vuoi fare? Adesso i ragazzi sono tutti così».

Era stato allora che le loro vite avevano cominciato a separarsi, come continenti spinti dalla deriva della tettonica a zolle. Le telefonate di rito, le visite di rito, le frasi di rito, le feste di rito; tutti quei Natali uno più brutto dell'altro, uno più squallido dell'altro, fino all'ultimo in cui suo genero aveva avuto la brillante idea di appendere un Babbo Natale gonfiabile fuori dal balcone e lei non aveva esitato a tagliare la corda che lo legava al corrimano, facendolo precipitare giù dal quinto piano. Per i bambini era stata una tragedia. «Adesso, chi ce li porterà i regali?» avevano piagnucolato.

Per non parlare delle smancerie untuose della nuora, il cui unico pensiero era la planimetria dell'appartamento di cui un giorno, di sicuro, sarebbe entrata in possesso. Si aggirava come un gufo per le stanze, sussurrando al marito totalmente succube «Qui ampliamo la finestra, là buttiamo giù il muro e uniamo la stanza con quella della vecchia».

Era anche questo a gelare il suo cuore, il pensiero di avere generato dei figli, e di essere pentita di averlo fatto.

Le campane della chiesa batterono mezzogiorno. Lo sgabuzzino era ormai vuoto e tutto ciò che conteneva era stato raccolto in grandi sacchi neri, pronti per la discarica.

Dietro gli scuri, Luisito seguiva con attenzione ciò che succedeva giù in strada.

Anselma gli si accostò, il sole era allo zenit. Non

si vedeva nessuno in giro, solo qualche macchina passava senza produrre ombra, con i finestrini chiusi. Un cane pezzato con la lingua penzoloni si aggirava alla ricerca di un luogo dove abbeverarsi. Emergenza cani, avrebbe detto lo speaker.

Anselma si voltò verso il pappagallo.

«Cosa c'è? Sei triste?»

Luisito la fissò, inclinando la testa da una parte e dall'altra, come se stesse guardando un'opera d'arte.

«Anche tu hai un peso sul cuore?» gli chiese Anselma, sfiorando con l'indice il punto del piumaggio in cui supponeva ci fosse il suo piccolo cuore. Lo sentì battere, tiepido e velocissimo.

«Hai nostalgia di qualcosa?»

A quel punto Luisito spalancò le ali, i suoi occhi erano neri come il carbone, luminosissimi. Aprì il becco, stirò la lingua e disse: «A-a-nselma».

# 6.

Un pomeriggio il caldo concesse una tregua e una brezza improvvisa piegò le fronde dei bagolari sotto casa, facendo svolazzare le tende come fossero fantasmi. Anselma, che si era assopita in poltrona, si svegliò di scatto al rumore di una persiana sbattuta. Sopra i palazzi si stavano addensando grosse nubi scure.

Quel giorno, a pranzo, Luisito aveva parlato di nuovo: «Grazie!» aveva detto, quando Anselma gli aveva passato la ciotola con mele e banane.

E così decise che era il caso di insistere nell'insegnamento. La lezione che seguì non doveva essere molto diversa da quelle che Robinson Crusoe teneva al suo servo Venerdì. Si mise di fronte a lui e, con una matita in mano, gli indicò sé stessa, ripetendo il suo nome preceduto dal pronome "io".

Poi, schiacciando leggermente la pancia del pappagallo, ripeté: «Tu, Luisito... tu, Luisito».

La lezione fu interrotta dallo schianto di un tuono, non lontano dal loro palazzo.

Luisito rabbrividì arruffando le penne, la luce sul tavolo della cucina oscillò e poi si spense.

Una raffica di vento spalancò la finestra, ribaltò la ciotola ormai vuota del pappagallo, fece volare a terra dei vecchi giornali posati sul davanzale e sbattere con violenza la porta del corridoio.

Luisito si riparò in un angolo mentre Anselma si precipitò a chiudere i vetri, in ansia. Cosa sarebbe successo se la raffica avesse risucchiato fuori il nuovo compagno della sua vita?

Improvvisamente si rese conto che non poteva più vivere senza di lui. E che avrebbe dovuto imparare ad essere più cauta. Non solo con le finestre, ma anche con i vicini, nel malaugurato caso che un giorno qualcuno arrivasse a reclamare la proprietà dell'animale.

Animale?

Pensando quel termine si sentì in lieve imbarazzo.

Era un animale, Luisito? O era qualcosa di diverso?

Che cosa è davvero un animale?

Nello spregio dell'uso comune, si scordava troppo facilmente l'essenza di quel termine. Anima. Sì, l'animale era qualcuno che possedeva l'anima. Non era altrettanto certa che si potesse dire la stessa cosa della maggior parte degli esseri umani. La nuora, ad esempio.

Ormai la pioggia batteva con violenza contro i

vetri, l'allarme di un'auto saliva dalla strada, sovrastato dalla sirena dei pompieri. Non era possibile continuare a riordinare, perciò si sedette in poltrona, si coprì le gambe con un plaid e chiamò Luisito accanto a sé.

Il pappagallo planò sullo schienale, da lì scese sul bracciolo e si accoccolò, gonfiando tutte le piume. «*Krak krak krak*» bisbigliava piano, come fosse un discorso che faceva a sé stesso prima di addormentarsi.

L'unica cosa che aveva fatto sparire dalla casa, alla morte di Giancarlo, era stata la sua vecchia poltrona di velluto a coste marrone. Quella poltrona era un po' come un trono, suo marito la occupava pressoché stabilmente, quando era a casa. Dopo pranzo vi si appisolava russando con la bocca aperta, le altre ore o leggeva il giornale o teneva delle carte in grembo, facendo finta di lavorare.

I figli si erano un po' adombrati per quel suo colpo di testa.

«Se era sporca, potevi portarla da un tappezziere!»

«Se ci avvisavi, l'avremmo presa noi.»

Ma lei, già seduta sulla sua nuova poltrona rivestita di un'allegra stoffa a fiori, aveva tagliato corto: «Era soltanto una vecchia poltrona».

Era soltanto una vecchia poltrona e mi ricordava l'incubo della presenza di vostro padre in questa casa, avrebbe dovuto dire, ma sapeva già da tempo che era inutile sprecare parole con i suoi figli. Con un'abilissima opera di manipolazione, Giancarlo era riuscito, nel tempo, a farne dei suoi cloni. La genetica evidentemente l'aveva aiutato, e così a lei non era rimasto che ritagliarsi un angoletto nel quale tentare di sopravvivere.

Una delle loro ultime grandi discussioni, forse l'ultima – i figli stavano ormai entrando nell'adolescenza – era stata proprio su questo: cosa fosse o non fosse educazione.

«Tu li manipoli» aveva detto lei, protestando per qualche suo intervento inopportuno «vuoi trasformarli in soldatini dall'orizzonte piatto.»

«E tu hai la testa piena di stronzate» era stata la sua gentile risposta.

«Ho educato decine, centinaia di bambini.»

«Ah, sì? Evidentemente li hai educati male, visto che ti hanno sbattuto fuori dalla scuola.»

«Sono stata io ad andarmene.»

«Sei stata vivamente invitata a farlo e comunque, non ti permetterò di rovinare i miei figli.»

Per ritrovare un sentimento verso i suoi bambini, divenuti troppo presto degli estranei, Anselma doveva andare indietro, al tempo della gravidanza, al giorno in cui li aveva messi al mondo e aveva stretto al seno quei corpicini tremolanti e umidi.

Si era sposata a ventinove anni e a trentuno era rimasta incinta. Vivevano ancora a Mestre e per lei Giancarlo era ancora il principe azzurro, l'uomo a cui aveva giurato amore eterno ed eterna fedeltà davanti al prete e a tutti i parenti schierati in lacrime.

Sì, quel giorno si era sentita viva, straordinariamente viva. Ricordava perfettamente ogni istante: la gioia, l'eccitazione, la sensazione luminosa di essere una prescelta. Il parrucchiere, la vestizione con quell'abito sontuoso e candido, la lista dei regali, le bomboniere – che avevano scelto insieme, mano nella mano – il sentimento di gratitudine verso il Cielo per averle fatto incontrare l'uomo più meraviglioso del mondo. A quel tempo era ancora in buoni rapporti con l'Abitante del mondo superiore e così ogni mattina, a mani giunte, ripeteva «Grazie, Signore, ti ringrazio di avermi fatto incontrare Giancarlo».

Il giorno prima delle nozze, aveva ricevuto da lui un regalo avvolto in una carta coi gigli di Firenze. Non era un banale anello, il dono che ogni fidanzato senza fantasia fa alla sua promessa sposa, ma un quadernetto con la copertina rigida al cui interno erano state scritte, con la stilografica, delle poesie a mano. La scrittura era quella stretta e spigolosa di Giancarlo.

Uscendo al suo braccio dalla penombra della chiesa accompagnata dalle note della marcia nuziale, gli aveva bisbigliato nell'orecchio: «Sono meravigliose! Le hai scritte tu?».

Giancarlo si era girato appena, sorridendo:

«Non avrei mai potuto farlo se, accanto, non avessi avuto una splendida musa».

Negli anni seguenti aveva spesso ripensato a quei pochi metri fatti a braccetto. All'esterno brillava un implacabile sole estivo – penombra dentro, luce abbacinante fuori. In quel percorso apparentemente interminabile, le erano tornate in mente le parole di una persona uscita dal coma. Raccontava di come si fosse sentita trasportare dal buio verso una grande luce che la aspettava alla fine di un buco nero; quella luce era lo spazio sereno ed eterno della morte, una sensazione di pace che non aveva mai provato prima: era tornata a malincuore indietro, richiamata dalla voce dei suoi cari e dei rianimatori. Ecco, lei, in quel preciso momento, si sentiva nella stessa condizione: lasciava alle spalle la penombra incerta della giovinezza per entrare nella luce piena della maturità.

All'uscita, dopo i soliti baci di rito, era salita in macchina con Giancarlo, seguita da un corteo di macchine strombazzanti. Intorno a loro, il grano era stato tagliato da poco, tra il giallo intenso delle stoppie si aggiravano cornacchie e piccioni, sembrava che le mietitrebbia avessero sparso della polvere luminosa su tutto il paesaggio, ogni cosa pareva bagnata, immersa nello splendore dell'oro.

Il rinfresco era stato organizzato nella cascina di certi parenti della madre di Giancarlo. Un suonatore di fisarmonica piuttosto grasso, seduto su un minuscolo sgabello, tentava di allietare le lunghe tavolate degli invitati. Ad Anselma scoppiò subito un terribile mal di testa, peggiorato dalla qualità scadente del prosecco che continuavano a versarle. Di tutto quell'interminabile pranzo non ricordava altro che il viso di sua suocera che, con un cappellino non molto diverso da una coppetta di gelato, parlava, parlava e straparlava. L'argomento, naturalmente, era suo figlio, quel ragazzo che aveva mostrato di essere un uomo straordinario già nella sua pancia, dal modo deciso in cui scalciava.

Per non sciupare inutilmente i soldi, il viaggio di nozze si limitò a qualche gita nei dintorni. Il primo giorno a Venezia, a dar da mangiare ai piccioni di piazza San Marco, il secondo all'abbazia di Pomposa per collaudare la Ottocentocinquanta nuova di zecca dello zio. Il terzo – ed era stato quello più impegnativo – in battello sul Brenta, a visitare le ville venete.

La prima notte di nozze, nel lettone preparato dalla mamma con la trapunta rosa fucsia e i cuscinoni all'uncinetto, Giancarlo aveva fatto cilecca.

«La stanchezza fa dei brutti scherzi» aveva bisbigliato prima di cadere in un sonno rumorosissimo. Anselma aveva sorriso, in fondo si era sentita sollevata, era troppo frastornata per affrontare un evento così importante.

Ma non era riuscita a prendere sonno. Zanzare

grandi come elicotteri giravano voraci intorno al letto, il materasso era corto e alto, dal modo sinistro in cui cigolava doveva essere appartenuto almeno ai bisnonni o ai trisavoli.

L'unico neo della giornata fu l'assenza di Luisita. Le aveva telefonato la mattina stessa per dirle che le dispiaceva molto, ma che aveva dovuto mettersi a letto per una brutta influenza estiva. Per Anselma fu un vero dispiacere: avendo perso da poco entrambi i genitori, unica rappresentante del suo passato rimaneva l'amica. Si chiese se la malattia non fosse una scusa. Non aveva mai condiviso la sua gioia, anzi, ogni volta che le aveva parlato con entusiasmo di Giancarlo, si era rivelata sospettosa. «Sei sicura?» non faceva che ripetere «sei davvero sicura che sia la persona giusta?»

Anselma non capiva i suoi dubbi.

«Ti perderò» le disse l'ultima volta che si erano viste.

«Ti prometto di no. Sei, e sarai per sempre, la mia amica più cara.»

Anche se poi non aveva tenuto fede a quella promessa, in quel momento era sicura della verità di quelle parole: niente e nessuno mai avrebbe potuto scalfire il sentimento che, da quando erano ragazze, provava per Luisita.

Gli ultimi tuoni erano ormai lontani e anche il vento si era quietato. Anselma si azzardò ad aprire con cautela la finestra, approfittando del fatto che Luisito stava dormendo. L'aria si era fatta meravigliosamente fresca, inghiottendo la puzza dello smog. Sulla città aleggiava un leggero odore di ozono, segno del temporale appena passato. Sarebbe stato bello poter tenere le finestre aperte per fare entrare quella refrigerante brezza. Bisogna che mi organizzi, si disse Anselma, e subito le vennero in mente delle reti piene di pesci di cartapesta che pendevano dal soffitto di un ristorante a Cesenatico.

Ecco. Doveva procurarsi delle reti da mettere alle finestre, così avrebbe impedito a Luisito ogni via di fuga.

Purtroppo era sabato pomeriggio e per mettere in opera il suo piano avrebbe dovuto attendere almeno fino a lunedì.

Per non perdere tempo, prese comunque le misure. Salendo sulla scala portatile, pensò alla felicità di sua nuora se, cadendo, si fosse rotta un femore: non ci avrebbe pensato due volte a rinchiuderla in un ospizio, anzi, come lo chiamavano adesso quei sepolcri imbiancati, nella "Residenza per gli Anni d'Argento". Vedeva già il volto gommoso di suo figlio sussurrarle con la dolcezza di Giuda negli occhi: «È per il tuo bene, mamma, lì sarai accudita giorno e notte. E poi, il pomeriggio fanno anche un po' di musica». Come se in carrozzella, e per di più con il catetere, si potesse ballare.

"Accudita" ecco la parola magica che usciva sempre più spesso dalle loro bocche. «Saremmo più tranquilli se... Saresti meno sola... È ora che tu ti conceda qualche lusso...»

«E che lusso sarebbe quello di una badante?» aveva risposto bruscamente poche settimane prima.

«Il lusso che qualcuno si prenda finalmente cura di te» aveva insistito sua figlia con voce flautata. «Qualcuno che ti coccoli, che ti cucini se non hai voglia di farlo, che ti vada a fare la spesa. Naturalmente pagheremmo tutto noi.»

«Naturalmente» era stato il commento di Anselma, prima di buttare giù il ricevitore.

# 7.

C'era un sogno ricorrente che, negli ultimi vent'anni, turbava il sonno di Anselma. Si trovava in una località di vacanza, con il marito e i figli adolescenti. Erano seduti ad un bar all'aperto a prendere un gelato, coppa di amarena per loro e un digestivo per lei. I gelati arrivavano subito, portati da una graziosa ragazza in grembiulino, il digestivo no. Alle proteste di Anselma, la ragazza le rivolgeva un sorriso evasivo e un po' sinistro, dileguandosi. Dopo qualche istante, sentiva un odore strano, selvatico, come di volpe, e davanti a lei si materializzava un nero enorme con orecchini d'oro, il cranio lucido come una palla da bowling e una canottiera traforata dalla quale spuntavano due braccia che sembravano rami di sequoia caduti nell'inchiostro. Teneva in mano un minuscolo vassoio da cui partivano delle strane scintille. «È per la signora questo liquido?» le chiedeva, chinandosi verso di lei; mentre prendeva il bicchiere, le sembrava che la spropositata carnosità delle sue labbra volesse risucchiarla. «Liquore, non liquido» precisava Anselma, – che era pur sempre una maestra – e lo buttava giù d'un fiato. Di fronte a lei, Massimiliano e il padre stavano discutendo sulla scelta delle scuole superiori mentre Giulia osservava con fare annoiato il via vai di giovanotti davanti al tavolo; d'un tratto la testa cominciava a girarle, dai piedi saliva uno strano formicolio, come se il fuoco racchiuso al centro della terra si insinuasse nel suo corpo: un calore improvviso sul punto di esplodere in una terrificante energia; le sembrava di aver inghiottito il sole: una sciabolata di luce usciva dalle pupille mentre le dita, le mani, i piedi, le braccia e le gambe si trasformavano in cavi d'acciaio; se si fosse mossa, ne era sicura, avrebbe travolto ogni cosa; quel liquido, in realtà, era una pozione, al dottor Jekyll era cresciuta la pelliccia, mentre lei si stava trasformando in una macchina da guerra. Il marito e i figli, seduti di fronte a lei, non si accorgevano di nulla. L'energia compressa in Anselma deflagrava puntualmente nel momento in cui Giulia si infilava in bocca il solito chewing-gum, cominciando a masticare con la bocca aperta: un invisibile raggio saettava dal suo dito, scaraventando la ragazza a una decina di metri di distanza, tra l'orrore stupefatto del marito e del figlio. A quel punto, regolarmente il sogno esplodeva precipitandola, con i suoi frammenti, nell'oscurità ottusa della notte.

C'erano state anche delle variazioni al sogno, negli anni. Una notte, le sue dita si allungavano come le spire di un boa e scivolavano sui colli altrui; un'altra, dall'indice trasformato in mitraglietta, sparava silenziose raffiche di pallottole mentre dagli occhi fuoriuscivano gocce di veleno volanti, pronte a conficcarsi nelle carni della vittima di turno.

Con il passare del tempo, da incubo quel sogno si era trasformato in un'oasi di pace. Andando a dormire, con la schiena caparbiamente volta al marito, Anselma aveva imparato ad invocarne la venuta, come i malati invocavano la guarigione nel tempio di Esculapio.

Quando aveva cominciato a precipitare tutto?

Non riusciva a ricordarlo.

I primi anni di matrimonio erano stati più o meno sereni. Gli affari di Giancarlo andavano piuttosto bene, viaggiava per tutto il Triveneto come rappresentante di una ditta di stuzzicadenti, avevano il loro piccolo appartamento sopra quello della madre e lui si comportava come tutti i mariti delle sue amiche. Qualche giorno era gentile e di buon umore, qualche altro invece diventava leggermente sgarbato.

Anselma conosceva la sua sensibilità e sapeva che quella forma di acuta percezione di tutto che hanno i poeti, prima di essere un dono, è una incredibile fonte di sofferenza. Per questo non si era mai angustiata per i suoi bruschi mutamenti di umore. Anzi, segretamente era orgogliosa di poter vivere accanto a un uomo come lui, capace di cogliere la complessità e la fuggevolezza di ogni istante della vita.

Nel tempo libero, avevano continuato a fare delle gite in montagna. A dire il vero, non sempre lui aveva voglia di andare, era lei a forzarlo perché sapeva quanto gli spazi puri ed elevati facessero bene alla sua anima. Ma ormai suo marito preferiva la frequentazione del fondovalle con le osterie, a quella delle cime.

Fu proprio in una di queste escursioni che lei, dopo aver bevuto della birra fresca e aver mangiato una minestra di piselli secchi e salsicce di Vienna, aveva trovato il coraggio di fargli la stessa domanda che aveva fatto, anni prima, a Luisita: «Che cos'è la poesia, secondo te?».

Giancarlo l'aveva guardata a lungo, prima di risponderle poi, prendendole la mano, le aveva sussurrato: «Sono i tuoi occhi che si riflettono nei miei. E i miei, che si rispecchiano nei tuoi».

Quella sera, al ritorno, non avevano quasi parlato. Anselma si sentiva avvolta in una sorta di nube magica che li comprendeva entrambi e li rendeva così speciali. Fu forse proprio grazie a quella nube che quella notte, finalmente, riuscirono a concepire il loro primo figlio.

Gli anni a seguire erano letteralmente volati. I pannolini, le poppate, i risvegli notturni, le sgarberie del marito un po' più frequenti – i cambiamenti del tempo influivano sulla sua ferita e lo facevano soffrire – le incursioni petulanti della suocera, la ripresa dell'insegnamento – quando Massimiliano aveva cominciato l'asilo – e poi, appena recuperato un po' di forza, la nuova gravidanza, la nascita di Giulia, non priva di complicazioni.

Erano stati anni tutt'altro che facili, ma le fatiche che aveva dovuto affrontare l'avevano trovata pronta. Sapeva – sua madre glielo aveva sempre detto – che il matrimonio non era tutto rose e fiori, ma era consapevole che proprio i momenti aspri, in cui uno accudiva l'altro, erano il cemento che avrebbe fatto durare il loro amore per l'eternità.

C'era ancora energia in lei, capacità di lottare. Ogni mattina si alzava e sapeva in che direzione era giusto marciare.

E poi?

Poi c'era stato quel giorno. Entrambi i bambini a letto con il morbillo; Giancarlo in Valsugana per il suo giro di rappresentanze; la suocera lontana, a trovare dei parenti e lei sola in casa. Per la spesa, aveva dovuto chiamare il negozio di alimentari sulla piazza. Erano stati molto gentili, si era scomodato addirittura il proprietario, prima di pranzo, a farle la consegna.

Per ricambiare la cortesia, lei gli aveva offerto un caffè. Si erano seduti in cucina a parlare e così aveva scoperto che quel signore sorridente e rotondo era un vecchio compagno di scuola di Giancarlo.

Il signor Nino, così si chiamava, chiese notizie del marito, era un po' che non lo vedeva in giro. Anselma sospirò, dicendo che ultimamente era spesso nervoso per via della ferita alla gamba.

«Ah sì, poveretto» annuì il vecchio compagno di scuola «tutta colpa di quello stupido incidente con la Lambretta! Quanti ne restano dopo le sagre! Si alza un po' il gomito e poi si pretende di schivare anche i platani.»

Quella sera, dopo cena, Anselma si era sentita male e aveva vomitato. Dopo aver controllato la febbre dei bambini, si era buttata nel letto con una gran voglia di piangere, ma era troppo tesa per farlo.

Seguendo le ombre delle lampade stradali proiettate sul soffitto – c'era un po'di vento e oscillavano come fantasmi – le era tornata in mente una frase di Luisita: «Stai attenta, durante il corteggiamento nessuno mostra il suo vero volto. Il vero volto viene fuori dopo».

All'epoca si era fatta scivolare addosso quella frase con noncuranza, convinta che si trattasse di una sorta di invidia, di acidità da zitella, ma adesso sapeva che ancora una volta Luisita era stata profetica.

«Hai mai avuto una Lambretta?» aveva chiesto quella sera a suo marito, appena rientrato dal suo viaggio.

«E a te che te ne importa?» le aveva risposto lui, quasi ringhiando.

Dal giorno dopo, per ferirla, aveva inaugurato una nuova irritata locuzione.

«Che ne sai tu, che sei nata a Fossalon!»

Come se l'essere nati a Mestre facesse una grande differenza.

# 8.

La mattina di domenica, Anselma fu svegliata da Luisito. Si era posato con delicatezza sul letto e aveva cominciato a mordicchiarle il lobo dell'orecchio sinistro.

Dalla vicina chiesa parrocchiale – un incrocio tra un garage e un supermercato, sovrastata da un campanile che ricordava un traliccio dell'alta tensione – le campane suonavano a festa.

Anselma si alzò e infilò la vestaglia, poi, come d'abitudine, fecero colazione insieme.

Mentre lei lavava i piatti della sera prima, lui si posò sulla sua spalla, gorgogliando il suo solito chiacchiericcio sommesso; quando fu il momento di asciugarli, volò fino allo strofinaccio e lo portò ad Anselma.

«Sei un tesoro» gli disse lei, voltandosi a baciargli il fianco pennuto.

Terminati i lavori di casa, Anselma si vestì e andò in salotto. In un angolo, seminascosto da una tenda, c'era il suo vecchio giradischi. Era una delle poche cose sopravvissute della sua vita di ragazza. A suo tempo, aveva risparmiato un anno intero per riuscire a comprarlo; era tedesco, di ottima marca, e le aveva fatto molta compagnia nei lunghi anni di insegnamento tra le sperdute valli.

Dopo il matrimonio in realtà non era mai riuscita ad usarlo, un po' per gli impegni, un po' perché Giancarlo detestava la musica, soprattutto quella che lei amava. Fosse stato per lui, avrebbe ascoltato soltanto la *Cavalcata delle Valchirie* di Wagner – perché era grandiosa – e *Le Quattro Stagioni* di Vivaldi – perché l'autore era di Venezia, dunque praticamente di Mestre e perciò suo conterraneo.

Nei primi tempi, Anselma aveva cercato di fargli apprezzare sia *Il flauto magico* – l'opera preferita di Luisita – che le sue adorate canzoni napoletane, con il risultato di sentirsi definire l'opera di Mozart una "leziosa confusione" e le seconde, delle barbare melodie: «Che cosa c'entriamo noi con quelli? Non si capisce neanche cosa dicono». Così il coperchio era sceso sul piatto del giradischi e lì era rimasto, come una pietra tombale.

Chissà se funzionava ancora?

Con l'indice Anselma sfiorò la puntina, sembrava a posto e anche il braccio pareva muoversi senza problemi. La spina era inserita, così prese il primo disco e con delicatezza lo posò sul piatto. Dopo alcuni secondi di incerto gracchiamento, la musica invase la stanza.

*Ohi vita, ohi vita mia!*
*Ohi core 'e chistu core,*
*si state 'o primm'ammore*
*'o primm e l'ulteme*
*sarai pe' mme...*

Luisito mostrò il suo apprezzamento sbattendo le ali e la mattinata letteralmente volò, cullata dalle dolci melodie napoletane.

Ad un certo punto, cambiando un disco, Anselma ebbe l'impressione che qualcuno battesse forte sulla parete del salotto, ma non vi fece troppo caso.

A differenza di Giancarlo, Luisito adorava la musica, la adorava al punto tale che, poco prima di pranzo, Anselma non resistette e tentò con lui qualche passo di danza.

Proprio durante una polka suonò il telefono. Era Giulia.

«Mamma, sei tu?»

«E chi altro doveva essere?»

«Hai il televisore acceso?»

«No.»

«C'è qualcuno da te? Non sei sola?»

«Solissima.»

«Sei sicura?»

«Sono forse scema?»

«No, ma si leggono delle cose terribili, c'è tanta gente che entra nelle case degli anziani con una scusa. Non apri a nessuno vero? Comunque tra dieci giorni torniamo.»

«Bene» disse Anselma, chiudendo la comunicazione.

Il pomeriggio continuò ad essere musicale. Seduti in poltrona ascoltarono i *Notturni* di Chopin. Quella musica però portò della malinconia nel suo cuore. Le ricordava il crepuscolo, le cose che finiscono, quelle che erano già finite e la riportò indietro nel tempo, a una gita che aveva fatto con Luisita, un anno prima di sposarsi.

Erano andate a passare una settimana sulle Dolomiti. Il tempo era stato sempre bello e ne avevano approfittato per fare delle lunghe escursioni. Luisita sembrava instancabile, appena arrivavano su un prato si sdraiava cinque minuti e subito dopo si rialzava, piena di energia.

«Sarebbe bello vedere cosa c'è un po' più in là, non trovi?» la incalzava.

Oltre quella sella, oltre quel passo, oltre quello sperone di roccia, cosa ci sarà? Nel nostro domani, cosa ci sarà?

Com'erano diverse di carattere!

Luisita aveva dentro di sé come una febbre che la portava ad andare sempre oltre, a interrogarsi, a non accontentarsi mai della prima risposta, delle apparenze. Voleva arrivare al cuore delle cose e non aveva pace finché non vi riusciva.

Anselma, invece, era sempre stata una bambina quieta, ubbidiente, portata in palmo di mano da tutte le madri come esempio da seguire. L'idea che esistesse un limite, e che quel limite andasse superato, non l'aveva mai sfiorata. Forse per questo era stata così magneticamente attratta da Luisita. Per lei era una specie di maga, una fata in grado di trascinarla con una bacchetta magica in mondi diversi, inimmaginabili per il suo piccolo orizzonte di pensieri, e ne era felice.

«Vedi» le aveva confidato una volta «con te è un po' come trovarsi davanti a un quadro dalla prospettiva multipla: io riesco a vedere solo le figure in primo piano, mentre tu mi fai notare anche un piccolo fiore azzurro sul monte più lontano.»

Ripensandoci, tutte le cose belle che erano accadute nella sua vita, e che erano rimaste, le doveva alla sua amicizia con Luisita. La musica, l'amore per la poesia, per i romanzi, l'insegnamento vissuto come missione. Secondo Luisita, non ci si dovrebbe mai arrendere alla comodità, perché agisce come i filtri delle streghe: la accetti e ti paralizza, credi di essere ancora viva e invece sei già una mummia.

Chissà se quella sete di vita era il presagio della sua fine precoce? O se era stato proprio quel vivere nella continua ansia della scoperta, quel consumarsi, a condurla tra le braccia della malattia? O forse ad accelerarne la morte – ed era la prima volta che lo pensava – aveva contribuito anche il tradimento della sua amicizia?

In realtà non si era trattato di un tradimento del cuore, ma soltanto di una lontananza fisica dovuta alla sua vita matrimoniale. Un paio di volte, Luisita l'aveva invitata a trascorrere la domenica insieme ma Anselma non era mai riuscita ad organizzarsi, forse anche perché Giancarlo, pur non avendola mai conosciuta, sembrava infastidito solo al sentirla nominare.

«Luisita, Luisita. Cosa mai avrà di speciale questa benedetta Luisita!»

Ora lo sapeva: era stato suo marito a trasformarla anno dopo anno in una mummia, assecondando la sua naturale tendenza a non guardare oltre; convinta che con il sacrificio e la pazienza avrebbe costruito qualcosa di bello e duraturo, non si era accorta del castello di bugie che lui le aveva edificato intorno.

Se avesse dovuto incidere nel marmo il giorno in cui aveva cominciato a morire da viva, avrebbe scelto quello della visita del signor Nino, che le aveva fatto scoprire la vera origine della ferita alla gamba, – c'era una bella differenza tra un'azione audace in guerra e la caduta da ubriaco da una Lambretta!

Il colpo definitivo però lo ebbe agli inizi degli anni Settanta, mentre preparava il trasloco a Roma. Spostando un armadio per ricuperare qualcosa che era caduto, le capitò in mano un insolito libretto: *Conquistala così*, c'era scritto sulla copertina ingentilita da una penna d'oca e da una rosa rossa. Lo aprì e trovò al suo interno tutte, ma proprio tutte, le poesie del quadernetto che, con tanto pathos, Giancarlo le aveva fatto recapitare il giorno delle nozze. Erano copiate dall'inizio alla fine, senza neanche lo sforzo di invertirne l'ordine.

Quel giorno avrebbe potuto reagire in qualche modo – andarsene di casa, o addirittura cacciarlo – ma come avrebbe potuto giustificarsi davanti alla legge, agli sguardi attoniti dei parenti, al dolore dei figli? Me ne vado perché mi ha dedicato delle poesie copiate, fingendo che fossero sue? Ci avrebbero messo pochissimo a rinchiuderla in un manicomio.

Agli occhi di tutti, Giancarlo era un buon marito. Lavorava sodo per migliorare le condizioni economiche della famiglia, non aveva mai fatto mancare niente a lei e ai figli, andavano in vacanza al mare e in montagna, non era violento ed educava i bambini come pochi padri ormai sanno fare. Era un uomo noioso – ogni volta che lei tentava di proporre qualcosa di nuovo o di diverso, la guardava con compatimento, dicendole: «Tu hai la fantasia malata» – ma, come diceva una sua amica "conosci forse qualcuno che non lo sia?".

E non era neanche particolarmente farfallone.

Solo verso i sessantacinque anni aveva avuto una giovane amante dell'est Europa che gli aveva spillato un bel po' di soldi, ma capita alla maggior parte degli uomini di trastullarsi con le ragazze mentre le mogli invecchiano. Dopo la sua morte, nascoste nel doppiofondo di un cassetto, aveva trovato le copie a carta carbone di tutte le lettere che aveva scritto alla fanciulla. Doveva aver cambiato manuale, o forse era proprio farina del suo sacco, perché in quelle sdolcinate e pompose romanticherie in prosa non faceva che lamentarsi della sua sofferenza matrimoniale, di quella donna arida e prepotente che gli viveva accanto da trent'anni schiavizzandolo. «Con te sarà tutto diverso» concludeva in una delle ultime «tu sei come il sole che ad ogni alba sorge, pieno di speranza, i tuoi magici raggi illuminano la mia vita.»

Anselma aveva preso quel fascio di lettere ed era andata in cucina con una boccetta d'alcol. Mentre la carta bruciava nel lavello, aveva quasi avuto pena di lui, di quel suo sdilinquirsi in manfrine per avere soltanto un po' di carne fresca. "Mendicante di erezioni" aveva pensato, mentre il getto dell'acqua faceva scivolare le ultime tracce del piccolo rogo nello scarico.

Chissà se Luisita, da qualche punto del suo mondo, era ancora in grado di vederla, se aveva potuto assistere al lento degrado della sua vita, a quel suo trasformarsi da giovane donna entusiasta e viva in una mummia avvolta in bende imbevute di fiele.

Quella volta sulle Dolomiti, si erano fermate a mangiare panini all'ombra di una grande conifera, davanti a un laghetto. Poco distanti, pascolavano delle mucche: con i loro grandi occhi neri controllavano il gioco dei vitellini richiamandoli di tanto in tanto con lievi muggiti. Il tintinnio dei campanacci riempiva l'aria. Si erano adagiate tra le grosse e contorte radici di un larice. Luisita, contemplava il cielo, con le mani dietro la nuca.

«Pensi mai a Dio?» le aveva chiesto di punto in bianco.

«La domenica vado a messa.»

Luisita era scoppiata a ridere.

«Non ti ho chiesto se fai i compiti, ti ho chiesto se ti interroghi sul Suo mistero. Chi è? Come è fatto? Esiste o non esiste? Io me lo chiedo sempre, ma non sempre mi do la stessa risposta. Quando guardo tutto il male che c'è nel mondo, penso proprio che non ci sia. Che Padre è un padre che fa soffrire i suoi figli in questo modo? Una volta, durante il funerale di un mio alunno di seconda, sono addirittura uscita di corsa dalla messa. Era un bambino intelligente, pieno di curiosità, ed è morto in soli tre mesi per un tumore al cervello. L'ultimo mese non faceva che urlare, alla fine sembrava un cerbiatto ferito nascosto in mezzo all'erba alta: non erano rimasti che due grandi occhi scuri sopra una scheletrica cassa toracica in affanno. Avrei voluto ribaltare tutte le sedie e i banchi quando il prete, davanti alla piccola bara bianca, aveva pronunciato le solite parole consolatorie. Per evitare uno scandalo, ho preferito uscire e ho cominciato a camminare. Ho camminato e camminato per ore cercando di calmarmi. Gesticolavo, parlavo da sola o meglio, discutevo con Lui. "Non sai fare i conti?" gridavo: "Non vedi? Non capisci? Come ti viene in mente di colpire un bambino, di distruggere una famiglia? E cosa mi dici di tutti i malvagi la cui vita prospera? Gli sfruttatori, i violenti, i manipolatori che muoiono di vecchiaia nel loro letto, circondati dall'affetto dei parenti? Hai bisogno di un paio di occhiali? Di un cornetto acustico? Oppure sei soltanto un poveraccio, la Tua onnipotenza è soltanto una fiaba come le altre, tra Te e mago Merlino non c'è poi una grande differenza".»

Anselma non aveva mai neppure pensato che si potesse discutere con Dio, e ancor meno che si potesse dubitare della Sua esistenza. Sapeva che il mondo era ingiusto, ma lo riteneva un fattore inevitabile. In fondo Dio era come l'ideatore e il direttore di una grande azienda, era stato Lui a progettare e organizzare i vari reparti, dunque ne doveva conoscere a perfezione il funzionamento. Come poteva discutere della Conduzione Generale uno che magari lavorava alla catena di montaggio oppure al reparto spedizione pacchi?

Lo ripeteva sempre ai suoi alunni: «Per far funzionare il mondo, è necessario che ognuno di noi porti a termine, con diligenza e disciplina, il proprio compito. Guardate, ad esempio, le formiche o le api, ognuna sa qual è il suo ruolo e ad esso obbedisce fino in fondo. Se così non fosse, i formicai si trasformerebbero in un caos e gli alveari collasserebbero su se stessi. Non ci sarebbero più né fiori né frutta né miele».

«Non riesco a immaginare come si possa discutere con Dio» aveva reagito Anselma.

«Pensi che sia peccato?»

«No. Cioè sì. Insomma, non lo so, mi fa un po' paura, ecco. Se Lui ha creato tutte le cose – dagli insetti alle stelle – saprà bene perché le ha fatte, no? Non siamo forse noi troppo piccoli per capirlo?»

«Piccoli sì, ma capaci di fare domande. Se avesse voluto che ubbidissimo e basta, ci avrebbe fatto come le formiche, invece noi abbiamo l'immaginazione, a differenza degli animali, sappiamo indignarci. Solo la nostra specie ha la possibilità di cambiare la propria condizione in ogni momento della vita.»

«Credi?»

«Ne sono certa! Se così non fosse, mi ucciderei in questo stesso momento» concluse Luisita, scoppiando a ridere. Era evidente che non si sarebbe uccisa per nessuna ragione al mondo.

Scaglie dorate iniziarono a piovere sulle loro teste. Alzarono gli occhi e videro uno scoiattolo intento a sgranocchiare una pigna di larice, per nulla impaurito dalla loro presenza.

«Probabilmente hai ragione tu» aveva ripreso Luisita. «Non bisognerebbe interrogarsi su cose più grandi di noi, dovremmo vivere come quella creatura lassù, godendo dell'istante. Però, se riuscissimo a farlo, non avremmo l'arte, non avremmo la poesia, non avremmo la musica. Vivremmo come automi, senza ricordi, senza speranze, né rimpianti, rimorsi o nostalgie. Niente ci toccherebbe il cuore né ci farebbe sentire meno soli.»

Anselma si era girata appena: «Ti ricordi la nostra gita a Murano?».

Luisita aveva sorriso: «Che cos'è la poesia?».

«Già.»

Poco distante da loro, una mucca stava allattando il suo vitellino. Erano ritti uno accanto all'altra e muovevano la coda per scacciare le mosche. Ogni tanto la mamma sfiorava con le labbra il dorso del piccolo che doveva essere nato da poco, a giudicare dal pelo ancora scomposto.

Nell'aria ferma delle ore più calde si sentiva solo il fischio di una nocciolaia, interrotto dagli schiocchi affannosi di quel famelico risucchio.

Sotto lo sguardo placido, luminoso e serenamente regale della mucca, Anselma e l'amica si erano assopite. Le vette e i boschi si riflettevano nella superficie limpida del lago e le due amiche non erano che due piccoli punti sotto la maestà del larice.

Il sole era già scomparso dietro una guglia quando si erano risvegliate, rabbrividendo per l'improvviso abbassamento della temperatura. Luisita si era stiracchiata, sorridendo: «Ho fatto un sogno! Ho sognato che le radici di quest'albero erano le braccia di Dio e noi stavamo sdraiate nel suo grembo senza paura, cullate dal vento, c'era un soffio lieve che ci avvolgeva e una voce che sembrava sussurrarci: "Non temete, l'ombra è soltanto Luce in altra forma"».

# 9.

La mattina di lunedì, Anselma consultò le pagine gialle per individuare nelle vicinanze un negozio che vendesse articoli da pesca. Purtroppo non ce ne erano nel suo quartiere, così decise, per una volta, di fare uno strappo alle sue abitudini e di concedersi il lusso di un taxi.

Alle tre e mezzo, ora dell'apertura del negozio, era pronta ad uscire. Indossava il tailleur blu di lino – che risaliva ancora ai tempi della scuola – e una collana di corniole, dono delle colleghe quando aveva lasciato l'insegnamento.

Prima di uscire, si sedette di fronte a Luisito e gli spiegò che sarebbe stata via un po' più a lungo del solito, perché doveva andare a cercare delle reti da mettere alle finestre, così lui avrebbe potuto volare e lei finalmente avrebbe respirato.

Mentre attendeva al telefono la conferma del taxi, Luisito le volò sulla spalla. "Spero che tu abbia già fatto i tuoi bisognini" stava per dire, preoccupata per il tailleur, ma lui stava cercando di dirle qualcosa: «Te... te... tesoro...».

Anselma lo fissò sorpresa: «Credi che nelle reti ci sarà un tesoro?».

Come tutta risposta, Luisito avvicinò la guancia e la strofinò contro la sua.

«A... A... Anselma te... tesoro.»

L'acquisto e la sistemazione delle reti fu più semplice di quanto immaginato: alle sei era già di ritorno e alle otto la sua casa si era trasformata in una succursale del ristorante di Cesenatico.

Fissando l'ultima rete, le sembrò di intravedere il militare in pensione suo vicino che la spiava dietro le veneziane perennemente chiuse. «Vecchio scorbutico» si disse, chiedendosi se fosse la stessa cosa che lui pensava di lei.

La sera, durante la cena, il telegiornale annunciò le solite emergenze. Adesso era l'emergenza traffico a preoccupare l'impettito mezzobusto, naturalmente accompagnata dall'emergenza maltempo. Pioveva a dirotto su gran parte delle coste, la temperatura era precipitata di colpo, di almeno dieci gradi, spingendo molti bagnanti ad interrompere bruscamente le vacanze e, quindi, a riversarsi tutti sulle autostrade, intasandole.

Anselma guardò fuori, per fortuna lì a Roma il tempo era ancora bello, anche se dalle finestre – finalmente aperte – spirava una brezza fresca, quasi autunnale. Al soffio del vento, anche le reti appese danzavano nell'aria.

«Non sembra un po' un veliero?»

«*Krak!*»

«Sai perché le ho messe? Perché non voglio che tu esca e qualcuno ti faccia del male. Sono sicura che tu ritorneresti sempre a casa, ma là fuori c'è gente che ama sparare, tirare con la fionda, per non parlare delle cornacchie, i falchi, i gatti. Come faresti a difenderti? Sì, lo so, è noioso stare sempre a casa, ti capisco. Sai cosa potremmo fare un giorno? Una bella crociera! Ci imbarchiamo a Genova e andiamo fino alle Canarie, chi ce lo vieta? E poi, a quanto mi risulta, voi pappagalli amate il mare, no?»

Quella sera, dopo cena, ascoltarono un po' di canzoni napoletane.

*Tenimmoce accussì,*
*anema e core.*
*Nun ce lassammo cchiù,*
*manco pe'n'ora.*
*'Stu desiderio 'e te mme fa paura*
*Campà cu' te,*
*sempre cu' te*
*pe' nun murì!*

Anselma cantava e Luisito starnazzava, sfrecciando

dall'appendiabiti dell'ingresso al lampadario di Murano, e ritorno.

Nei momenti di maggior pathos si sentiva l'insistente bussare del vicino alla parete.

«Perché non balli un po' anche tu?» gli consigliò allegra Anselma.

A mezzanotte non aveva ancora sonno, si sentiva felicemente agitata, quasi elettrica.

Già in camicia da notte, andò all'armadio e prese la vecchia scatola di liquori che conteneva le lettere dei suoi vecchi alunni.

La maggior parte risalivano ai primi tempi in montagna, la carta ormai era ingiallita e l'inchiostro delle stilografiche quasi svanito. Ne lesse alcune, il tono era rispettoso, formale ma, ricordando i volti di ognuno, Anselma seppe riconoscere, dietro quella apparente rigidità, un affetto e una riconoscenza profondi.

*Gentile cara maestra*, iniziavano alcune, altre variavano con *Egregia cara maestra* o *Stimata cara maestra*, fino al più ardito *Indimenticabile cara maestra.*

Tutti invariabilmente ringraziavano per quello che avevano imparato, assicurandole che non l'avrebbero mai dimenticata. La aggiornavano, poi, sui vari eventi della loro vita: matrimoni, nascite, comunioni, lauree, trasferimenti. Dalle foto che spesso le accludevano vedeva con meraviglia i cambiamenti dei volti. Alcuni erano rimasti nel tempo identici a quelli dell'infanzia, mentre altri non avrebbe saputo riconoscerli neppure con un documento in mano. Trovò parecchia corrispondenza risalente al suo periodo a Noale, ancora giovane sposa, mentre degli anni romani non c'era alcuna testimonianza.

Si potrebbe fare una stratificazione come quelle che fanno i geologi, si trovò a pensare: dallo spessore dei depositi, si potrebbe capire l'evoluzione dei sentimenti e dell'educazione degli esseri umani.

Prima di infilarsi sotto le coperte cercò una sua vecchia foto da bambina. Ne trovò una piccola, in bianco e nero, col bordo frastagliato. Era scalza, con le mani in tasca e sorrideva coi suoi dentini da latte alla macchina, senza mostrare nessuna paura per le tre grandi oche bianche che la circondavano minacciose.

Non ebbe il coraggio di guardarsi allo specchio. E il suo volto, in che cosa si era trasformato? In quale maschera? Sarebbe scesa nella tomba con quella maschera e c'era davvero sempre, in ogni istante – come diceva Luisita – la possibilità di cambiare? Non era forse scivolata anche lei nel baratro dell'ingratitudine?

Quando Luisito andò a darle il consueto bacio della buona notte – un leggero morsetto sul lobo – lei lo strinse leggermente a sé: «Sai qual è la verità? È che ho tanta paura di perderti. Sei... sei stato proprio... – qui la voce cominciò a incrinarsi – ecco, sei proprio un piccolo pezzo di arcobaleno, la tua allegria ha scacciato la tristezza dai miei giorni».

Non riuscì a trattenere le lacrime che inumidirono le penne idrorepellenti del pappagallo e precipitarono come piccoli smeraldi sul cuscino.

Ancor prima di aprire gli occhi, Anselma si sentì investita da una nuova forma di energia. Allungò le braccia e le gambe, stiracchiandosi felice e decise che avrebbe organizzato una festa. Negli anni del matrimonio non era riuscita a coltivare nessuna amicizia e, quando era rimasta vedova, l'amarezza l'aveva stretta in una morsa d'acciaio.

Per fare una festa, però, ci vogliono gli invitati, così decise di andare alla ricerca delle sue vecchie colleghe di scuola. All'ora di pranzo, grazie alle Pagine Bianche, era riuscita a contattare gran parte delle maestre che erano ancora in vita. Nelle prime telefonate era stata piuttosto impacciata: chissà se si ricordavano di lei, e se il ricordo era positivo? Come spiegare poi le ragioni di una festa, che lei aveva battezzato "il gran ballo di ferragosto"?

Per sua fortuna, quasi tutte le colleghe erano restate in città, la maggior parte di loro erano nella sua condizione: figli e nipoti in vacanza e loro sole in città. Solo due, la Noseda e la Riccardi, avevano seguito i familiari in villeggiatura. Quasi tutte erano rimaste vedove; Giuseppina, la più simpatica, vegetava da anni in una Residenza per gli Anni d'Argento, colpita dal morbo di Alzheimer.

Dopo il primo stupore nel sentirla, avevano tutte accolto con entusiasmo l'idea della festa, tutte si erano offerte a gara di collaborare al lato gastronomico. «Sei sempre stata il nostro mito» le aveva addirittura confidato la Scaccabarozzi, lasciandola piacevolmente turbata.

Il giorno prima della festa – che cadeva di mercoledì – si mise in moto di buon'ora: voleva rendere la casa davvero allegra. Fu la prima, o quasi, a prendere il carrello al centro commerciale e la prima, o quasi, a pagare. Aveva già comprato tutto l'occorrente: cibo, bevande, festoni e lampioncini cinesi di carta.

Nel pomeriggio sfornò a ripetizione *vol-au-vent* e pizzette. Dopo il salato, passò ai biscotti e, per ultimo, preparò una pirofila di tiramisù.

Prima di andare a dormire, con dei pennarelli sgargianti scrisse su uno striscione da appendere in ingresso: *Benvenute! La vita comincia a settant'anni!*

Era troppo eccitata per riuscire a dormire così prese due pasticche di valeriana, voleva essere in forma il giorno dopo. Si sentiva felice naturalmente ma, in fondo a quella felicità, c'era anche il segreto timore che qualcosa potesse non andare per il verso giusto.

Il mercoledì, dopo colazione, appese – con l'aiuto di Luisito – i lampioncini e i festoni, poi preparò i vassoi con i gingerini e i succhi di frutta, le ciotoline con le olive, le patatine fritte, i pistacchi e le noccioline. Ebbe anche il primo breve screzio con il pappagallo: appena lei si distraeva un attimo lui, *zac*, planava con le sue zampe rugose sulle arachidi. Fu costretta a dargli uno schiaffetto.

«Hai la scodella piena di cibo, perché devi rubarmi queste, e poi guarda come sporchi con le bucce!»

«*Krak Krak!*» fu la risposta e, offeso, Luisito si ritirò in un angolo.

Poco prima di pranzo, però, avevano fatto pace. Anselma gli tese la mano e, al terzo tentativo, anche lui le porse la zampa.

«È normale litigare quando ci si vuole bene, sai? L'amore non è bello, se non è litigarello.»

Mentre dava gli ultimi tocchi, Anselma si sorprese a canticchiare. Ormai aveva deciso: in autunno si sarebbe iscritta all'Università della Terza Età, avrebbe studiato canto e forse anche una lingua straniera.

Alle due arrivò la parrucchiera della scala B con il suo casco portatile, e le fece la permanente.

Alle quattro e mezzo era pronta: tailleur, scarpe con il mezzo tacco, collana di corniole, braccialetto delle nozze d'argento, un filo di trucco e una discreta spruzzata di Chanel n.5, il suo profumo preferito.

L'ultimo tocco fu per l'eleganza di Luisito: con un nastrino di seta che aveva nel cassetto, gli annodò un bel papillon intorno al collo.

Alle cinque e dieci suonò il primo campanello.

«Quarto piano» disse al citofono, sentendosi come una scolaretta alla prima festa di compleanno.

Desiderava che tutto andasse in modo perfetto ma sentiva in agguato l'ombra della malinconia e del fallimento.

E se fossero state tutte depresse?

Se la conversazione non avesse decollato?

Se l'elenco delle malattie e delle morti avesse prevalso sul resto?

Tutte le paure si dissolsero appena fu avvolta dalla risata contagiosa della Scaccabarozzi che, strabordando dal suo vestito rosso, varcò la soglia con un mazzo di rose in mano.

Alla fine erano in otto e – colpo di scena! – era comparso anche Rodini, l'unico maestro della scuola, invitato da una di loro.

«Spero di non avere fatto male» sussurrò la Brunetti all'orecchio di Anselma, mentre il maestro saliva con l'ascensore.

«Per niente» rispose allegra Anselma «almeno avremo un cavaliere!»

Il chiacchiericcio si fece subito fitto, i piatti di portata si svuotarono uno dopo l'altro, come pure i bicchieri.

Luisito fece la sua entrata trionfale planando a

volo radente sulla testa degli ospiti, procurando non poche urla di spavento. Quando però Anselma raccontò la sua storia, tutti si commossero: «È a lui che devo la voglia di fare questa festa» confessò, accarezzandolo delicatamente.

Dal canto suo Luisito si comportò da vero gentiluomo svolazzando da un ospite all'altro con la ciotolina delle olive nel becco.

«Ma che bravo! Glielo hai insegnato tu?»

Anselma si schermì: «Fa tutto da solo, sa anche parlare, quando vuole».

Alle sette venne stappato lo spumante, Luisito afferrò al volo il tappo e tutti, levando i bicchieri in alto, dissero in coro, guardandola: «Ad Anselma, il nostro mito!».

Non se lo aspettava proprio, ne fu commossa.

«Non sai per quanti anni abbiamo parlato di te» continuò la Scaccabarozzi.

«Più che parlare, ti abbiamo invocata!» precisò la Bonomi. «Ogni due per tre dicevamo: qui ci vorrebbe Anselma!»

Sedute fianco a fianco, rievocarono il famoso episodio che aveva bruscamente interrotto l'immacolata carriera di insegnante di Anselma.

Risaliva ad una quindicina di anni prima, erano i primi giorni di maggio. L'aria era tiepida, la sensazione delle vacanze imminenti rendeva irrequieti gli alunni. Anselma stava insegnando geografia in una quinta. Mentre spiegava la dinamica della tettonica a zolle, un allievo si era alzato e, roteando gli occhi con un grosso pennarello tra le gambe, aveva iniziato ad ansimare, simulando una copula.

«Ferreri, smettila!» l'aveva redarguito, battendo la mano aperta sulla cattedra. Dato che lui aveva continuato a ondeggiare con la lingua a penzoloni, facendo sghignazzare tutti gli altri, Anselma aveva alzato la voce.

«Smettila, cretino!»

«Smettila tu, stronza!» era stata la sua risposta.

Senza pensarci due volte, Anselma era scesa dalla cattedra e, nella massima serenità di spirito, gli aveva mollato un bel ceffone.

Nei giorni e nelle settimane che seguirono si scatenò un vero putiferio. Anselma venne denunciata dai genitori dell'alunno che pretesero addirittura un risarcimento altissimo per i danni permanenti subiti dal loro ragazzo; i giornalisti accorsero a frotte, come squali che fiutano il sangue; si riempirono pagine e pagine di giornali, trasmissioni televisive dedicarono intere puntate per discutere della gravità di quel fatto accaduto in una tranquilla scuola della capitale.

Dopo quasi trent'anni di totale dedizione all'insegnamento, la pacifica Anselma venne trasformata in un mostro, in una psicopatica sadica, addirittura – come scrisse un giornale – "nell'ultimo epigono di una cultura fascista che si sperava ormai estinta". Proprio lei che era figlia di un eroico partigiano!

Per la vergogna, Giulia e Massimiliano si rifiutarono di andare a scuola per settimane, mentre Giancarlo si aggirava per casa ripetendo furioso: «Finiremo sul lastrico per questo tuo colpo di testa!».

Il direttore didattico la convocò in diverse occasioni, dapprima gentilmente, poi sempre meno, le suggerì – e alla fine le impose – di chiedere ufficialmente scusa, di ammettere di aver perso la testa per via dello stress e di avere i nervi a pezzi.

Lei si dimostrò granitica: «Mai stata così lucida e così presente a me stessa. L'ho fatto e lo rifarei altre cento volte perché, senza rispetto, non ci può essere nessun tipo di educazione».

Dopo un mese venne allontanata dalla scuola e in settembre chiese il prepensionamento.

«Noi non avremmo mai avuto il tuo coraggio» ammise la Quadrucci «non sai quante volte abbiamo dovuto legarci le mani e la lingua per non perdere il posto.»

«È terribile vedere in che cosa si è trasformata la scuola per noi che abbiamo avuto la fortuna di insegnare negli anni Cinquanta e Sessanta.»

«Voi parlate solo della scuola» rifletté pensierosa la Bonomi «per non parlare della società. In cosa si è trasformata?»

Per non farsi prendere dalla malinconia, spostarono le poltrone e cominciarono a ballare, contendendosi Rodini che si rivelò un abile ballerino.

Alle dieci, il muro del salotto tremò sotto i colpi furibondi del vicino: «Cos'è» gridava con voce stridula «un lupanare?».

Per tutta risposta, Anselma alzò la voce: «Ma si metta lo smoking e venga anche lei a ballare!».

La festa andò avanti fin oltre mezzanotte. Al momento del congedo, le colleghe l'abbracciarono, sfinite ed eccitate.

«Hai avuto davvero una magnifica idea.»

«Dovremmo ripetere l'esperienza.»

«Non perdiamoci di vista.»

«Ciao, ciao» ripeté Luisito, abbarbicato all'appendiabiti dell'ingresso.

«Ciao, Luisito» risposero gli ospiti. «Arrivederci.»

«Addio, bel pappagallo.»

Chiudendo la porta dietro di sé, Anselma si guardò intorno: la casa era ridotta a un vero campo di battaglia. «Meglio così» si disse «meglio del mausoleo di prima» e, troppo stanca per riordinare, si ritirò in camera da letto con Luisito sulla spalla.

Solo quando le campane, il mattino dopo, batterono le nove, Anselma trovò la forza per alzarsi. Non aveva mai fatto tardi in vita sua – tanto meno ballando e ridendo – e si sentiva sfinita, ma in quella spossatezza aleggiava una nota di euforia. Dato che nessuno le correva dietro, avrebbe messo a posto con la massima calma. E se, nella peggiore delle ipotesi, fossero anche tornati i suoi figli avrebbe ammesso con un sorriso: «Ebbene sì, ho dato una festa, e allora?».

Persino Luisito sembrava risentire dei bagordi della sera precedente: stava ancora sul trespolo con le penne gonfie e la testa nascosta sotto l'ala.

Anselma cominciò a buttare tutto in un saccone nero: bicchieri di carta, piatti, cartacce, festoni tranciati dai voli eccitati del pappagallo. Quando fu colmo, lo trascinò fino all'ascensore, e da lì, raggiunse i grandi cassonetti della strada.

Pensò che era passata solo una settimana da quando aveva raccolto quel fagotto impaurito che sarebbe diventato il suo prode Luisito. Quante cose erano cambiate, quanta allegria aveva portato in quella casa quel suo buffo muso da pagliaccio!

«Dove lo hai comprato?» le aveva chiesto Rodini, la sera prima. La sua risposta era stata sibillina: «Non l'ho comprato, è stato il Cielo a farmi un dono».

Tornando a casa, ritirò la posta: c'era una bolletta del telefono – come sempre indicava soltanto l'esoso canone, dato che non chiamava mai nessuno – due volantini che pubblicizzavano le offerte di settembre dei vicini centri commerciali e, da ultimo, una busta bianca senza mittente né destinatario. L'aprì prima ancora di salire sull'ascensore. A caratteri cubitali, con lettere ritagliate da qualche giornale, c'era scritto: VECCHIA STREGA, FARAI UNA BRUTTA FINE CON IL TUO MALEDETTO POLLO.

Quell'insulto la turbò. Entrò in casa di corsa, impaurita, chiamando a gran voce Luisito. Lo vedeva già riverso sul pavimento, con le ali aperte e il becco ansimante in un ultimo rantolo.

Per fortuna, sentì subito l'amata voce gracchiante giungere dalla cucina.

«Ans - el - ma!»

Ringraziando il Cielo, non era entrato nessun estraneo e nessuno, a parte il portiere – che comunque era in ferie – possedeva una copia delle sue chiavi.

Chi poteva voler loro del male? si chiese.

Non dovette fare un grande sforzo di immaginazione: davanti ai suoi occhi si materializzò la tozza figura del capitano Trombetti, suo vicino. Era stato sicuramente lui a ideare e comporre quell'oscenità postale. Chissà quante lettere scriveva, nelle sue notti insonni, per comunicare a tutti il suo inestinguibile odio verso il mondo.

Anselma cercò di calmarsi, ripetendosi che tra la loro casa e la sua non c'era alcuna via di comunicazione. Neppure con una fionda o una cerbottana sarebbe riuscito a mirare alle sue finestre.

L'importante, a questo punto, era che Luisito

non uscisse, ma a quello aveva già provveduto con le reti di sicurezza. Le restò comunque addosso un fondo di inquietudine, come un presagio di sciagura imminente.

Nel pomeriggio, ricevette qualche telefonata di ringraziamento dalle colleghe. Alle dieci e un minuto, chiamò Massimiliano per chiedere se anche a Roma avesse piovuto e per comunicare che entrambi i bambini erano a letto con la tonsillite.

Poco prima di andare a dormire ebbe la seconda grande emozione della giornata.

Passando in salotto vide qualcosa di tondo e chiaro brillare nel mezzo del pouf di velluto. Incerta se fosse un bignè mignon al maraschino o un pezzo della collana di finto avorio della Scaccabarozzi, inforcò gli occhiali e appena vide ciò che era davvero, un grido le si strozzò in gola.

Quella cosa posata delicatamente là in mezzo era un uovo, e non era un uovo di gallina.

«Luisito!» gridò con voce incrinata.

Poi si corresse.

«Luisita!»

Il pappagallo atterrò subito sulla sua spalla.

«Luisita! L'hai fatto tu!»

«*Krak Krak*» rispose orgogliosa, accomodandosi come una gallina sul pouf.

Il cuore di Anselma iniziò a battere velocissimo.

«Be', in fondo» le disse, cercando di placare l'agitazione «mi hai fatto proprio una bella sorpresa. Comunque non cambierà niente tra noi, te lo posso assicurare, niente. La casa è abbastanza grande per starci anche in tre.»

La notte dormì comunque agitata. Sognò una grotta davanti ad un fiume. «Questa è l'acqua della metempsicosi» ripeteva una voce e, d'improvviso, dal buio della grotta usciva uno stormo schiamazzante di pappagalli. O meglio, sembravano pappagalli ma in realtà erano pipistrelli. Forse non erano neanche pipistrelli ma esseri umani con ali membranose, perché tra loro riconobbe il volto scarno e i baffi del capitano Trombetti.

Quel dormiveglia convulso durò fino all'alba. Nel sonno, ebbe addirittura l'impressione che qualcuno suonasse ripetutamente alla porta.

Che non fosse sogno ma realtà se ne accorse quando al *dindon* s'aggiunsero forti colpi da far tremare il pavimento.

Chi mai poteva essere a quell'ora?

Si infilò la vestaglia, andò all'ingresso e, con circospezione, scostò il coperchio dello spioncino. Sul pianerottolo, deformati dalla lente, c'erano tre uomini in divisa. Il primo suonava e bussava, intimando: «Aprite!».

«Avete sbagliato indirizzo» gridò di rimando Anselma «sono soltanto una maestra in pensione.»

«Abbiamo ricevuto una segnalazione. Le conviene aprire.»

«Vi siete sbagliati» tentò di protestare Anselma «non ci sono delinquenti qui» ma quando sentì pronunciare il suo nome cognome data di nascita e indirizzo, si dovette rassegnare e aprì, decisa a chiarire l'equivoco.

I tre uomini entrarono e quello che aveva visto picchiare alla porta, che doveva essere il più alto in grado, le chiese nuovamente se fosse proprio lei Anselma Del Ben, coniugata Scattolin, nata a Fossalon. Al suo assenso, le venne chiesto di esibire un documento.

Anselma si sentì sollevata. "Tanto rumore per nulla" pensò andando nella stanza da letto a prendere la carta d'identità che usava ormai unicamente per ritirare la pensione.

L'uomo controllò i suoi dati e le restituì il documento, dicendo: «Bene, ora quelli del pappagallo».

Anselma li guardò stupefatta.

«Di Luisito? Cioè, di Luisita?»

«Luisito o Luisita?»

Sarebbe stato troppo complicato spiegare alla guardia gli eventi delle ultime ore così confermò: «Luisito. È una femmina, ma si chiama Luisito».

«Il passaporto di Luisito, prego.»

«Be', in realtà avevamo pensato di andare all'estero. Volevamo fare una crociera, ma soltanto tra un paio d'anni, dunque immagino ci sia tempo per farlo.»

«Fa la spiritosa o non conosce la legge?» chiese spazientita la guardia più giovane.

«Certo che la conosco. Per andare all'estero ci vuole il passaporto, infatti come dicevo...»

Dalla porta aperta si intravedeva Luisito sul pouf intenta a covare il suo uovo.

«È un'Amazzone fronte blu» disse il capo.

«Cara signora» proseguì «la sua Luisito viene dalle foreste del sud America e se non mi può mostrare un documento che ne testimoni l'origine, saremo costretti a sequestrarla e a denunciare lei per possesso illegale di specie rara.»

«Allora» incalzò l'altro «ce l'ha o non ce l'ha questo documento?»

Il cuore di Anselma sembrò schiantarsi di colpo. «L'ho trovata nel cassonetto!» gridò, prima che si scatenasse il parapiglia. Spaventata da uno degli uomini che avanzava verso di lei con un sacco scuro in mano, Luisito interruppe la cova e cominciò a svolazzare per la stanza, Anselma corse in suo aiuto, spingendo il pouf con le rotelle contro le gambe del rapitore che, inciampando, trasformò l'uovo in frittata: tentò poi di graffiare il capo che le aveva afferrato i polsi, gli tirò un paio di calci agli stinchi e urlò come una pazza quando vide la rete calare su Luisito e la sua adorata amica sparire nel sacco di tela gridando il suo nome.

L'ultimo ricordo di quella mattina fu quel gracchiare disperato giù per la tromba delle scale e una voce maschile che la ammoniva: «È soltanto per rispetto ai suoi anni che non la denunciamo anche per resistenza a pubblico ufficiale».

# 10.

I giorni che seguirono non furono che un unico gorgo di buio. Trovò la forza solamente di sputare contro la porta del suo vicino, ripetendogli le frasi più ingiuriose che le venivano in mente, poi, con l'aiuto di un'intera boccetta di sonnifero – purtroppo troppo poco per morire – sprofondò in un lungo sonno senza sogni.

Tornando dalle vacanze, i figli la trovarono assente e intontita.

Ripeteva continuamente che le avevano rubato un pappagallo di nome Luisito e, con discrezione, pensarono di convocare un loro amico psichiatra per un consulto.

La diagnosi più probabile, informò il medico, era quella di una leggera ischemia, una temporanea assenza di ossigeno al cervello che poteva aver fatto riemergere dalla memoria delle fantasie infantili o, nel caso più grave, aver provocato dei veri e propri deliri.

Quando Anselma mostrò loro la macchia di tuorlo al centro del pouf, cercarono di rassicurarla, concordando che era chiaro: i pappagalli adoravano nidificare sul velluto dei salotti.

Dopo una settimana, Massimiliano comparve con una signorina dai modi spicci. Una sua amica, a suo dire, ma la madre capì subito che si trattava di una badante e li cacciò fuori gridando: «Andate all'inferno!».

Di notte, prendeva pastiglie, di giorno, prendeva pastiglie.

In un momento di lucidità consultò il marito avvocato della Bonomi. «Dovrebbe fare causa» aveva suggerito lui «causa per violazione dei diritti umani, anche quelli degli animali, naturalmente, per non parlare del danno biologico. E avrebbe comunque bisogno di un avvocato perché, in ogni caso, ha già un processo in corso.»

L'idea che si potesse fare qualcosa legalmente, segnò una svolta: per riavere Luisito era disposta a affrontare qualsiasi battaglia. Così, appena il dolore si fece meno acuto, andò in un'agenzia immobiliare che ricercava nude proprietà e si informò sulla possibilità di vendere la casa. L'offerta che le fecero era al di là delle sue aspettative: con quella grossa somma avrebbe potuto prendere il miglior avvocato, scrivere a tutti i giornali, chiamare tutte le televisioni. L'Anselma combattiva, quella che aveva dato lo schiaffo al ragazzo e non si era mai pentita, stava ricominciando a vivere.

Proprio quando stava entrando in quello spirito battagliero, le arrivò una lettera dal Centro Tutela

Fauna Selvatica. Con quel foglio le veniva comunicato, in un linguaggio burocraticamente glaciale, che era possibile, una volta al mese, andare a trovare gli animali sequestrati.

Il Centro si trovava in mezzo all'Appennino e il giorno dopo Anselma aveva già in mano il biglietto del treno.

A Bologna dovette cambiare e prendere una littorina color caffellatte che risaliva almeno alla sua giovinezza.

Oltre una borsa, con il necessario per trascorrere fuori un'eventuale notte, aveva portato una sacca con tutti i cibi preferiti di Luisito.

Era la fine di settembre ma l'aria sembrava ancora estiva. Mentre il treno si arrampicava su per la montagna, Anselma notò un lieve rossore sulle foglie degli aceri, i ricci sui castagni erano già gonfi ed irti di spine, quasi pronti per la raccolta.

Quante volte aveva disegnato le loro sagome! I bambini restavano incantati vedendo con quale facilità sapeva creare con i gessetti colorati frutti, fiori e alberi sulla lavagna. Dopo le castagne, di solito passava all'uva-graspo: "acino", "tralcio", "foglia" scriveva accanto ad ogni parte. Quando era l'epoca delle ciliegie, nell'aria aleggiava sempre una certa euforia perché l'estate era vicina e l'anno scolastico stava finendo.

Arrivò nel paese all'ora di pranzo, fu l'unica passeggera a scendere. Nel ristoro della stazione c'era solo qualche toast che probabilmente dormiva nel cellophan da diverse settimane, così si fermò su una panchina, all'ombra, a mangiare dei cracker che, previdentemente, aveva portato con sé.

Non trovò taxi all'uscita, sembrava anche inutile attenderli. La strada era una sola e Anselma la imboccò, convinta che, prima o poi, si sarebbe imbattuta in qualche forma di indicazione.

Dopo un chilometro, infatti, un cartello scrostato indicava alla sua destra: CENTRO TUTELA FAUNA SELVATICA 500 m.

Il Centro era costituito da una serie di costruzioni basse, prefabbricate, chiuse a ferro di cavallo intorno a un cortile protetto da un cancello davanti al quale dormivano quattro o cinque cani dall'aspetto malconcio. Non c'erano campanelli e la porta del primo prefabbricato che incontrò, era solo accostata. Anselma la spinse ed entrò.

Un giovanotto in divisa, sdraiato su un divano sfondato, stava leggendo una rivista di auto e motori.

Anselma si presentò con educazione e spiegò il motivo della sua visita.

«Torni dopo le quattro» disse il giovanotto, senza distogliere gli occhi dalle lucenti carrozzerie.

Anselma non mollò, disse di essere venuta fin lì da Roma, di essere anziana, diabetica e cardiopatica, e che se per caso le fosse successo qualcosa, aveva già dato ordine ai suoi figli, entrambi avvocati, di procedere nei loro confronti.

In quello stesso istante entrò una giovane donna in divisa, coperta da un lungo grembiule giallo sotto il quale spuntavano degli stivali di gomma. «Portala al Reparto V» le disse il giovane, con un sospiro, tuffandosi nuovamente nelle sue storie di pistoni.

La guardia le sorrise e le fece strada: attraversarono un cortile circondato da grandi gabbie, Anselma fece in tempo a vedere addirittura una pantera nera e un cucciolo di orso. Chissà, pensò, se anche loro erano stati trovati in un cassonetto.

Passarono poi per un prefabbricato pieno di terrari dove spaventosi serpenti di tutte le grandezze e di tutti i colori strisciavano minacciosi saettando la lingua. Alcuni avevano accanto un topo che tremava come una foglia, altri, si capiva dal rigonfiamento del corpo, se ne erano già cibati. Turbata, Anselma distolse subito lo sguardo. Vide anche delle tartarughe in grandi vasche d'acqua, accanto a recipienti di vetro che ospitavano ragni mostruosamente pelosi.

«È lei che se ne occupa?» chiese alla donna.

«Quando è il mio turno, sì.»

«E non se li sogna mai di notte?»

«Qualche volta» rispose, ridendo.

Erano finalmente arrivati al Reparto V, la porta

era probabilmente fuori squadra perché aveva stentato ad aprirsi. Appena entrarono, un acre odore di escrementi le investì.

Erano tutti volatili, una trentina, c'erano un'aquila, un paio di gufi e un barbagianni, dei falchi di varie dimensioni, una cicogna con la zampa steccata, un tucano e poi un gran numero di pappagalli, alcuni in gabbia, altri sul trespolo. C'era chi starnazzava per attirare l'attenzione, e chi stava quieto, troppo quieto.

Gli occhi di Anselma correvano frenetici da uno all'altro.

«Luisito!» gridò, prima ancora che la sua accompagnatrice riuscisse a indicargliela.

La povera Luisito, o quello che rimaneva di lei, stava su un trespolo vicino al muro. Teneva una zampa raccolta e del suo splendido piumaggio non restava ormai che una minima traccia: il collo era nudo come quello di un condor e il resto del corpo non era in condizioni migliori, solo le ali e la coda mantenevano ancora una minima dignità. Più che un pappagallo, sembrava un pollo spennato, pronto per venir infilato in uno spiedo.

Vedendo Anselma, fece soltanto un debolissimo *krak*.

«Che cosa le avete fatto?» gridò Anselma.

La guardia scosse il capo, sconsolata.

«Ha fatto tutto da solo. Succede a quasi tutti i

pappagalli, quando arrivano qui: si strappano le piume e restano nudi.»

«È perché sono disperati» ringhiò Anselma.

«Chissà...» commentò la sua accompagnatrice, con un sorriso disarmato.

Col cuore stretto dal dolore, Anselma tirò fuori dalla borsetta le noccioline, i pezzi di banana e di mela e glieli avvicinò ma Luisito non sembrava provare molto interesse, li sollevava con la zampa e poi li lasciava cadere a terra.

«Luisito, tesoro...» le sussurrò dolcemente nel piccolo foro che doveva essere l'orecchio. Il pappagallo la ricambiò con dei morsettini affettuosi sul dito.

«Tesoro...» ripeté Anselma.

Luisito emise un suono simile a un sospiro e con un filo di voce gracchiò «*Grra-zie...*».

Anselma capì allora che quello era un congedo, Luisito stava morendo.

«Il mio pappagallo sta male» protestò.

«Non si preoccupi, i veterinari lo stanno curando. Hanno buone speranze di guarirlo.»

«L'unica cura è l'amore. Solo l'amore guarisce!» gridò Anselma in preda ad un furore doloroso.

La donna la guardò, sollevando le spalle imbarazzata come a dire: lo so, ma che ci posso fare?

In quel momento entrò nel capannone una bambina con un quaderno in mano, una gran chioma di capelli rossi ribelli al pettine.

«Mia figlia Noemi» si giustificò la guardia «oggi non c'era scuola e non sapevo dove lasciarla.»

«Mamma, ho studiato la poesia a memoria, vuoi che te la dico?»

«Sto lavorando, non vedi?»

«E adesso cosa faccio?»

«Non so, disegna, copia qualche animale e soprattutto non mi disturbare.»

Anselma sentiva le loro voci in sottofondo, i suoi occhi erano pieni di lacrime. Strinse a sé quel che rimaneva della sua Luisito. Era leggerissima e quasi fredda. «*Krok krok*» le fece nell'orecchio ed Anselma ebbe la certezza che quel verso fosse proprio l'addio.

«*Krok krok*» rispose senza più curarsi di trattenere le lacrime «*krok krok,* tesoro» disse posando la punta dell'indice sullo sterno implume nel luogo in cui, sempre più debolmente, batteva il cuore.

«Addio, tesoro» farfugliò ancora e poi uscì di corsa, senza più voltarsi.

Come la corrente di un fiume che, all'estuario, si scontra con quella del mare, così nel suo cuore lacerato si scontravano la rabbia e il dolore. Una parte di lei voleva fare qualcosa di molto violento e l'altra sapeva che sarebbe stato perfettamente inutile, se non addirittura controproducente.

Ormai non servivano più né avvocati né veterinari perché Luisito si era arresa. Quel distacco violento aveva spezzato in lei qualcosa che non era più possibile ricostruire.

Tra qualche giorno non sarebbe rimasto altro che un mucchietto inerte di pelle e di ossa, pronto per l'inceneritore.

Fuori, nel frattempo, si era scatenato un temporale, l'acqua sferzava il suolo a raffiche e dal vicino bosco saliva già il profumo della terra bagnata d'autunno. Il cielo era squarciato da continui tuoni e fulmini, così Anselma decise di sedersi su una panchina riparata, davanti all'ingresso del Centro, e attendere la fine della tempesta. Anche Noemi, la bambina dai capelli rossi, si era rifugiata lì, e stava disegnando su un grande album.

Scossa dai singhiozzi com'era, Anselma non riusciva a nascondere la sua disperazione. Il dolore era più grande dell'imbarazzo.

«Vuoi sentire una poesia?» chiese la bambina.

«Odio la poesia» ringhiò Anselma.

La bambina la fissò con grandi occhi chiari.

«Perché sei così triste?»

Invece di rispondere Anselma si soffiò rumorosamente il naso.

«È per il tuo pappagallo?» incalzò la bambina «quello che sta là dentro?»

Anselma annuì.

«Sì, è per Luisito.»

«Ma non è ancora morto.»

«No, ma morirà presto e io non… non posso sopravvivere a questo dolore. La mia vita era triste e poi è arrivata lei… è una femmina, sai, l'ho scoperto dopo, ma ormai l'avevo chiamata così… un piccolo raggio di luce che mi ha scaldato il cuore… mi ha ridato la gioia di vivere.»

«E perché non te la porti a casa?»

«È l'unica cosa che vorrei fare ma non posso. Per il mondo dei grandi la legge è più importante dell'amore.»

«È la mia mamma che la cura, vero?»

Anselma le sorrise tra le lacrime, annuendo.

D'improvviso, la pioggia cessò, veloci come erano giunte le nubi si allontanarono e il sole tornò a splendere sui prati e sui boschi bagnati. La terra e l'asfalto fumavano.

«Guarda là!» esclamò la bambina. «Un arcobaleno! Proprio quello che stavo disegnando, il mio preferito! Un arcobaleno!»

Anselma si asciugò gli occhi con un fazzolettino. Era vero, davanti a loro era comparso un luminosissimo arcobaleno: l'iride dei suoi colori attraversava il cielo da una parte all'altra, spiccando sull'oscurità delle nuvole.

Anselma sentì la piccola mano della bambina che cercava la sua: era fresca e delicata e, allo stesso tempo, piena di vitalità.

«Lo sai che gli arcobaleni sono magici? Se chiudi gli occhi ed esprimi un desiderio, il desiderio si avvera. Se lo facciamo in due, e il desiderio è lo stesso, si avvera ancora di più.»

Per un istante Anselma, che da vecchia maestra non sapeva deludere i sogni dei bambini, assecondò il gioco di Noemi e chiuse gli occhi.

«Sono pronta» disse.

«Al tre, esprimiamo il desiderio. Con tutto il nostro cuore… uno due e tre!»

Al tre, Anselma aveva sentito le piccole dita serrarsi intorno alle sue. Poco lontano da loro, un picchio percuoteva un tronco con il becco. *Tac tac tac.*

«Fatto?» chiese con voce argentina.

«Fatto!» rispose Anselma.

«Allora possiamo riaprire gli occhi.»

Noemi si stiracchiò sorridendo, come se si fosse svegliata da un sonno profondo. Anselma non ebbe bisogno di guardarsi nello specchio che teneva in borsetta per rendersi conto del suo stato. Gli occhi dovevano essere rossi e gonfi e il naso continuava a secernere liquidi in maniera imbarazzante. Per darsi un contegno guardò l'orologio.

«È tardi» disse con la voce che si stava nuovamente incrinando «non vorrei perdere il treno.»

«Davvero devi andare?» domandò Noemi.

«Sì.»

«Allora prendi il mio disegno con l'arcobaleno, te lo regalo.»

Anselma prese il foglio e lo piegò con cura prima di infilarlo in borsetta.

«Ciao» le disse.

«Ciao» rispose la bambina. «E ricorda: bisogna sperare! Alla fine della strada c'è sempre un tesoro!»

Si incamminò verso la stazione, un paio di macchine, passandole vicino, la schizzarono. L'erba dei bordi era attraversata dalle piccole strisce iridescenti delle lumache, quasi un riflesso di quella più grande che stava attraversando il cielo. Quando era bambina, le lumache erano la sua passione, le metteva al riparo in scatole da scarpe, viziandole con grandi foglie di insalata; era affascinata da quegli occhi in cima all'antenna, dal fatto che potessero muoversi avanti e indietro, come dei periscopi. Quando portava in classe delle chiocciole, i bambini rimanevano estasiati dal loro modo di mangiare e dalla capacità di ritirarsi nel guscio, chiudendo la porta in maniera ermetica.

Una volta, quando ancora insegnava a Mestre, era successo un fatto spiacevole: un ragazzo ripetente, per fare il gradasso, aveva preso una lumaca e l'aveva schiacciata sotto il tacco della scarpa. Le reazioni tra i compagni erano state diverse: alcuni avevano riso, altri erano rimasti sconvolti, come il piccolo, timido e silenzioso Tonello del primo banco. Ricordava ancora i suoi singhiozzi disperati. A nulla era servito fargli bere un bicchiere d'acqua, offrirgli una caramella o portarlo fuori in cortile a prendere un po' d'aria. Sebbene fossero passati molti anni, ad Anselma sembrava ancora di sentire il suo pianto: quel suono sordo, profondo, di inaspettata violenza, impensabile in quell'esile corpo.

Solo i bambini sanno piangere in quel modo, pensò Anselma e in quell'istante si rese conto che anche lei aveva singhiozzato per ore come il piccolo Tonello.

Da quanto tempo le lacrime erano scomparse dalla sua vita?

Aveva pianto quando aveva scoperto le menzogne di suo marito e dopo di allora soltanto altre due o tre volte, davanti a un film particolarmente commovente.

Poi più niente.

Gli ultimi quarant'anni della sua vita non erano stati altro che un lento e progressivo assideramento. Ghiaccio era sceso nel cuore e da lì, con minuscoli aghi, aveva invaso le vene e poi gli organi: il fegato, i reni, la milza, i polmoni. Anche il cervello ormai doveva essere coperto di brina come una grande polpetta lasciata troppo a lungo nel freezer.

La finzione dei sentimenti l'aveva lentamente espropriata della sua vita. Per tanti anni aveva vissuto come una creatura dei film dell'orrore: viva fuori e morta dentro.

Poi era arrivata Luisito. Era stato il pappagallo a provocare il disgelo, l'acqua che continuava copiosamente ad uscire dal suo naso e dai suoi occhi, non era altro che questo: il ghiaccio che era riuscita a sciogliere con il suo amore.

Ma ora era Luisito che stava morendo, era questione di poche ore o pochi giorni ancora, non avrebbe mai più sentito i suoi morsettini sulle orecchie né più affondato il naso tra le verdissime piume del suo petto.

Arrivò in stazione mezz'ora prima dell'interregionale che l'avrebbe riportata a Bologna.

Il calore del sole era tornato estivo, solo i margini delle pensiline ancora umidi ricordavano il temporale appena trascorso. Dal piccolo bar affacciato sui binari proveniva l'ossessiva musichetta di due giochi elettronici. Non c'era un giornalaio e sulla vetrata sporca della biglietteria un foglio scritto a mano annunciava che era fuori servizio. Accanto, una macchina nuova di zecca diceva invitante: "Scegli la tua lingua" mostrando sullo schermo luminoso varie bandiere da toccare.

Timbrò meccanicamente il biglietto di ritorno ma si rese subito conto dell'assurdità del gesto.

Che senso aveva tornare a casa? Aprire la porta e trovarla vuota? Vedere il trespolo ancora lì e le reti alle finestre e le arachidi chiuse in un vaso ermetico perché non si ammosciassero?

Come avrebbe potuto vivere ancora in una casa dove l'aspettavano, come uniche compagne fedeli, l'amarezza e la depressione? Alla fine sarebbero anche riusciti ad appiopparle una badante e così avrebbe passato il suo tempo tra una minestrina in busta e un giro del palazzo attaccata a un braccio sconosciuto, tra la soddisfazione dei suoi figli che, finalmente, si sarebbero sentiti tranquilli.

No, non era così che avrebbe finito i suoi giorni.

La morte del pappagallo sarebbe stata anche la sua. Si trattava solo di scegliere tra una lenta agonia solitaria o la grandezza di un gesto eclatante.

Le ritornò in mente la traduzione di un testo latino fatta alle magistrali in cui, davanti alla prospettiva del disonore, si esaltava la virilità di una morte scelta. Ne avevano discusso anche con Luisita. Sopravvivere con l'ombra della codardia o gettarsi verso l'ignoto a testa alta? L'amica non aveva avuto dubbi: «Non potrei vivere neanche un'ora come un verme». Allora lei era stata più cauta, le scelte estreme non erano mai appartenute al suo carattere.

Adesso però le cose erano cambiate. Scendendo le scale che portavano al binario aveva ormai deciso che la cosa migliore sarebbe stata farla finita: morire lì, subito, senza indugio. In fondo non doveva essere così difficile, sarebbe bastato chiudere gli occhi e saltare al momento giusto.

Anselma si guardò intorno: a parte un'anziana suora intenta a sgranare il rosario sull'altro binario, non c'era anima viva, né poliziotti, né ferrovieri, nessuna persona in grado di impedirle quello che poi, sui giornali, sarebbe stato definito "un insano gesto".

Era davvero un insano gesto? Sì, lo era, ma più insano sarebbe stato vivere con una badante. E poi, cos'era davvero insano? Chi può giudicare quello che abbiamo nel nostro cuore? Soffriva di depressione, avrebbero sicuramente scritto i giornali, magari avrebbero persino tirato fuori la vicenda dell'allontanamento dalla scuola. Allora le sarebbe piaciuto scendere dal cielo con una grande matita rossa e correggere: "La signora Scattolin non era affatto depressa. Anzi da poco aveva ricominciato ad amare la vita con la stessa intensità con cui l'aveva amata nella sua giovinezza".

Già, proprio quando la sua vita aveva nuovamente acquisito un senso, quel senso era stato spezzato. C'era una ragione in tutto questo? E se sì, qual era? Qualcuno lassù aveva voluto punirla? Oppure era stata la Provvidenza ad agire? Se lei fosse morta prima di Luisito, infatti, cosa estremamente probabile data la longevità dei pappagalli, che fine gli avrebbero fatto fare i suoi figli?

Si ricordò che sua nuora una volta si era vantata della sua abilità – appresa dal nonno in campagna – nel tirare il collo ai volatili. Galline, faraone, anatre, piccioni: un colpo secco e via, aveva detto facendo oscillare la messa in piega con le *mèches*.

Quali erano i piani del Cielo?

Da troppo tempo aveva smesso di capirli, forse

da quando la gratitudine che accompagnava ogni suo risveglio e dava senso a ogni suo gesto si era trasformata in delusione e amarezza. A un certo punto si era sentita tradita dalla vita. Ma chi aveva tradito veramente?

«Attenzione! Treno in transito» gracchiò all'altoparlante la voce registrata. «Allontanarsi dalla linea gialla. Allontanarsi dalla linea gialla.»

L'arcobaleno spiccava ancora dietro il tetto della stazione.

Degli stupidi piccioni tubavano sui cornicioni, mentre un gruppo rumoroso di passeri volava avanti e indietro dalla massicciata dei binari con qualcosa nel becco. C'erano pacchetti di sigarette vuoti, là in mezzo, alcune lattine, un cartone di vino scadente, le pagine di un fumetto e una piantina di pomodoro che allungava le sue foglie tra i rifiuti.

Anselma fissò a lungo ogni dettaglio perché quelle sarebbero state le ultime immagini del suo percorso sulla terra.

«Treno in transito, allontanarsi dalla linea gialla, allontanarsi dalla linea gialla.»

A quel secondo annuncio Anselma obbedì, indietreggiò di quattro o cinque passi, posò la borsa a terra, si tolse le scarpe con il tacco e piegò leggermente le ginocchia.

Il treno stava arrivando da destra, si sentiva già il suolo tremare. Anche le sue gambe tremavano, come le sue mani, il suo cuore, il suo respiro.

“Coraggio!” si disse raccogliendo tutte le sue forze. Alzò lo sguardo per salutare il cielo.

L’arcobaleno, scomparendo, aveva lasciato una minuscola scheggia sospesa tra le nuvole e ora quella scheggia sembrava muoversi verso di lei.

“Possibile?” si domandò Anselma, raddrizzandosi sulle gambe.

In quello stesso istante il treno le passò davanti velocissimo, facendole svolazzare il vestito e scompigliandole i capelli.

Scomparsa l’ultima carrozza in fondo al binario e tornato il silenzio, Anselma si alzò in punta di piedi e gridò verso il cielo: «*Krak?*».

«*Krak, krak!*» rispose la scheggia in avvicinamento.

Anselma allora unì le mani in segno di ringraziamento e poi spalancò le braccia per accoglierla.

L’atterraggio fu piuttosto brusco.

«*Krok krok krok*» le mormorò Luisito all’orecchio, con l’intimità di sempre.

«*Krok krok*» rispose Anselma, sprofondando il naso nel suo glabro sterno, mentre le lacrime riprendevano a bagnarle il volto.

Finito di stampare nel settembre 2009 presso
il Nuovo Istituto Italiano d'Arti Grafiche - Bergamo

Printed in Italy

RCS Libri

ISBN 978-88-17-02852-3